KB115918

여자의 마음을 냉정하게 까발리는 돌직구 아줌마의 공감수다

따져봅시다

김선아 지음

모아북스
MOABOOKS

시원하게 수다 한 번 떨어 볼까요?

　　사람들이 나한테 '당신은 누구냐'고 묻는다면, 이렇게 답하겠습니다.

　　내세울 거라고는 무식함, 뻔뻔함, 당당함뿐인 대한민국 아줌마라고.

결혼, 출산, 육아의 과정을 쏜살같이 달려와

잃어버린 청춘과 꿈을 되새기고, 가족 끼니 걱정을 하는 평범한 아줌마,

그러나 한때는 똑똑하고 자신감 넘치고 매력적인 여자였으며,

아직도 여자이고 싶고, 사랑받고 싶고, 인정받고 싶은

대한민국 아줌마라고.

비슷하면서도 다른 여자들의 속사정, 차곡차곡 쌓아둔 상처들,

한번쯤 훌훌 털어버리고 싶어서 이 책을 썼습니다.

차분히 주변을 둘러보니 나만 아픈 게 아니었어요.

몸 아프면 병원 가지만, 마음 아픈 건 병원도 없거든요.

마음 아픈 상처는 뒤집어 까 세상에 내보여야 나아집니다.

아줌마가 병들면 가정이 병드는데도,

답답하다, 아프다, 슬프다 말하지 못하고 사는 게 우리네 현실
이지요.

그럴 때 마음을 나누고 내 얘기에 귀 기울여줄 친구가 있다면
지치고 외로운 마음도 한결 부드러워질 겁니다.

설거지 하다 말고 친구와 전화로 수다를 떨다가 반나절이 후딱
갔던 경험,

아줌마들이라면 누구나 있지 않나요.

세탁기 안에 다 돌아간 빨래가 말라가도

커피 한 잔 마시며 함께 수다 나누는 그 시간만큼은 지키고 싶
은 소중한 순간이죠.

깨소금 냄새 솔솔 날 줄 알았던 신혼의 단꿈은 빠르게 깨져버
리고,

하늘에 별도 따다줄 그 남자는 딱 거기까지라는 걸,
주말이면 피곤해서 잠만 자고, 눈 뜨면 눈곱 투성이 얼굴,
나를 위해 주는 남편, 토끼 같은 자식들은 환상에 불과하고,
매일이 전쟁터, 매일이 노가다지요.
그러니 결혼은 미친 짓이라는 얘기가 나오는 거지요.

하지만 어려운 순간을 지나며 깨달은 진리가
우리 아줌마들 삶에도 길 하나 밝혀줍니다.
누구에게나 인생의 길은 생각처럼 간단하지 않다는 진리 말이
에요.
정해진 길 있어 따라가기만 하면 된다면,
객관식 문항처럼 정답을 선택할 수 있다면,
버튼 하나 누르고 리셋할 수 있다면,
사실 그 삶을 의미 있다 할 수 있을까요?
미친 듯 사랑하고, 죽을 것처럼 이별했던 시간을 지나
한 남자의 아내로, 아이들의 엄마로
인생에서 가장 소중한 사람들을 만들어가는 지금의 생활,
이것도 또 하나의 슬프고 아름다운 로맨스가 아닐까요?

대한민국 아줌마로 살아가는 즐거움, 외로움

차마 말하지 못했던 숨겨진 이야기들
이제 우리, 제대로 한번 나눠봅시다.
돌직구 아줌마와 솔직담백한 수다 한판,
지금 여러분을 찾아갑니다!

주의사항 :

문학적 지식이 풍부하지 않은 아줌마의 생각으로 쓴 책이오니,
해석하기 힘든 어려운 단어들은 전혀 없으며,
재미없거나 내용이 별로라고 책값을 돌려드리는 일 또한 없음을 양해바랍니다.
이 책을 버리실 때는 쓰레기통이 아닌 재활용에 버려주신다면
혹시 누군가가 주워서 읽다가 폭풍 눈물을 흘려주실 겁니다.

　　　　　　　　　　대한민국 모든 아줌마를 사랑하는

　　　　　　　　　　김 선 아　씀

PART 2

대한민국 아줌마,
좌충우돌 이야기

PART **4**

섹스 이야기,
시원하게 해봅시다!

PART **5**

시월드 때문에 괴로워?
이렇게 해보자고!

PART **6**

당신은 결코 혼자가 아니다

PART **1**

결혼은
미친
짓이다

결혼은 거친 파도가 출렁이는 바다에
뛰어드는 것과 같다

- 하이네

아가씨들!
당신들도 곧 나처럼 돼

처녀 때 그랬다.

나는 저런 아줌마는 절대 안 될 거야!

9900원에 환장하는 짠순이들,

버스 타고 가다가 집 앞에서 내려 달라는 무개념들,

콩나물시루 전철에서 깡으로 들이미는 커다란 엉덩이,

여기가 당신 안방이야? 장소불문 커다란 전화 통화 목소리,

커피숍, 식당마다 우르르 떼 지어 다니고,

뒤적대다 사지도 않을 거면서

백화점에서 만 원짜리 스카프 코너에는 왜 그리 모여들어?

대낮에 사우나탕에 앉아 발 담그고 끝도 없는 남편 흉, 시댁 흉

계란 까 드시랴, 수다 떨랴, 이빨에 공기 찰 새도 없네.

… 따져봅시다

그러나, 그랬던 나도 결국은 아줌마가 되었다.

처녀들, 진실을 말해줄까?

너도 곧 이렇게 된다, 기다려라!

예쁜 청춘은 눈 깜짝할 새 지나가고

30대 몰아칠 폭풍우, 그 뒤에 밀려올 거대한 인생의 쓰나미,

생각보다 맵고 힘들걸?

그러니 남 일처럼 아줌마들 욕만 말고,

그들의 삶을 유심히 관찰해보라.

돌아보면 아름답고 아까운 청춘,

아줌마 삶을 버텨낼 추억이라도 만들어라.

비오는 날 마시는 달달한 커피 같은 20대 시절,

한 번 가면 다시 오지 않는 그 시절….

세월 지나 아줌마 돼서야

'더 멋지게 살아볼걸' 후회해야 소용없는 일.

그러니 20대 시절에는 최선을 다해 사랑하고

살아갈 것.

결혼이 꼭 정답은 아니지만

서른 문턱쯤에 오면 대부분 여자들
연애보다 결혼을 생각한다.
아무리 써도 끝없을 것 같던 청춘의 시간은 지나고,
이룬 건 별로 없어 조바심 나는 시간,
청춘 멀어지기 전에
이제 정말 결혼해야 하나.
뜸하던 친구들도 하나둘 연락 오고,
청첩장을 주기 위한 연막작전임을 알기에
쓸쓸한 마음 어쩔 수 없다.

인생의 가장 큰 숙제인 결혼,
피해갈 수 없는 걸까.

운명적인 인연, 화끈하고 로맨틱한 연애,
죽고 못 사는 관계의 끝이 결혼이라 생각했는데,
현실은 달라도 너무 달라.
서른 훌쩍 넘은 내 곁에
외로움 달래줄 사람은 없고,
만나는 남자마다 마음에 들지 않고,
내가 마음에 들면 그쪽에서 쌩~
학벌, 재력, 사회적 지위 모두 고만 고만
골드 미스는커녕 악성 재고품이 될 위기.

나는 괜찮다고 아무리 소리쳐봤자 주변 시선은 곱지 않고
공부한다. 취미생활 한다. 여행을 간다.
혼자 남는 시간을 어떻게든 메우려 안간힘을 써봐도
어딘가 비어 있는 외로움.
물론 결혼이 정답은 아니다.
하지만 아줌마 한 마디 보태자면,
올드미스의 길 또한 인생의 정답은 아니라는 말씀.
결혼을 하던 안 하던 삶은 어차피 팍팍한 것,
훨훨 나는 저 꾀꼬리 암수 서로 정답다는데,
하물며 사람으로 태어나서 정답지 않을 이유 있나?

달콤한 연애는 아니라도 인생 함께할 제 짝 찾지 말라는 법은 없다.
　다만 나는 어떤 인생을 살고 싶은지,
　내가 원하는 건 뭔지, 그걸 먼저 생각해보자.
　그 길을 함께할 남자를 만나는 건 그 다음 순서지.

　반은 여자, 반은 남자,
　이 세상은 왜 이렇게 생겨먹었겠어?
　만나서 사랑하라고,
　지지고 볶고 서로 도닥이라고,
　그래서 이렇게 반반씩 만들어진 거야.

백마 탄 왕자 만나 공주가 되는 것이 아니라,
인생의 전환점에서
새로운 파트너와 새로운 출발선에 서는 것,
그것이 결혼이다.

Tip 반쪽 찾기

어린 시절 백마 탄 왕자님 이야기 좋아하고,
사춘기 때 짝사랑하고
그 모든 과정을 거쳐 한 남자를 선택한 데는
필연적인 까닭이 있을지도.

분명한 건, 인간은 항상 누군가를 갈망한다는 것,
일상을 함께 하고, 함께 내일을 꿈꾸길 바란다는 것,
태어나는 순간부터 가지는 소망이니,
결국 반쪽 찾기는 우리의 운명인 셈.

추리 소설은
결말을 몰라야 제 맛

비는 떠난 사랑을 원망하게 하고,
눈은 잊어버린 사람을 생각하게 한다.
남자는 말한다.
잊을 수는 있지만 용서할 수는 없다고.
여자는 말한다.
용서할 수는 있지만 잊을 수는 없다고.

돈을 잃으면 자유를 상실하고
건강을 잃으면 생활을 상실하고
사랑을 잃으면 존재의 이유를 상실한다.

이 세상에서 가장 슬픈 것은

·· 따져봅시다

너무 일찍 죽음을 생각하는 것이고,
이 세상에서 가장 불행한 것은
너무 늦게 사랑을 깨닫는 것이다.

결혼을 전제로 사랑을 하지 말 것.
누가 추리소설을 뒤에서부터 읽는가?

같이 자지 말라는 법 있어?

순결, 나이 오십 넘으면 떠오르지도 않는 단어.
돌이켜보니 아무것도 아니었던 것.
남자 때문에 죽네 사네 하던 여자들도
그럭저럭 나이 차면 얼굴색 싹 바꾸고
조건 따져 결혼해서 알콩달콩 잘만 산다.

손이라도 잡으려면 화들짝,
진도 더 나가면 뒤도 안 돌아보고 가버리는 여자,
연애 한 번 못해보고 모태솔로 간판 건다.
그 나이 되도록 순결 지켰다 외쳐 봐라, 누가 알아주나.

순결의 가치란 그 순간만큼은 사랑하는 사람과 함께하면
그만인 것. 책임져라, 억울하다, 가슴앓이 해봤자

‥ 따져봅시다

살다 보면 아무 것도 아닌 일.

적당히 만나다 '이건 아닌데?' 하는 발 빼기 족,
조금도 손해 보기 싫은 얌체족,
그보다는 원 없이 사랑하는 게 훨씬 남는 장사다.
그것이 순결에 대한 최소한의 예의다.

세상살이 어디에도 정답은 없다.
내 사랑, 내 결혼은 세상의 기준이 아닌
나의 선택!
누구를 택하건 함께 행복해지겠다는
바람만 잊지 않으면 된다.

단, 헤어진 애인을 잊지 못해 가슴에 담고
사랑없는 결혼은 금물.

취집이 나쁘다고?

취직+시집의 신조어가 취집이란다.
대학 졸업해 직장생활 좀 하다가
대기업 다니는 남자 만나
알콩달콩 현모양처로 사는 게 꿈인 여자들,
이게 나쁘다고?
이 풍진 세상, 사실 욕할 일만은 아니다.

하지만 취집도 능력인 시대,
레벨이 맞길 바라고, 맞벌이 바라는 남자들이 더 많다.
단칸방에서 시작해도 행복하기만 한 결혼 생활?
이제는 드라마에도 안 나오는 소재.
남성 평균 8천만 원, 여성 평균 5천 만 원,
고용 불안에 어마어마한 결혼 비용.

⋯ 따져봅시다

힘들고 어렵게 시작하는 결혼 생활,

그 무게를 모르겠는가마는,

취집도 결국은 내가 내 인생을 책임질 수 있을 때

가능하다.

해도 안 해도 결혼은 후회라는데,

그런 불안마저 내 것으로 껴안고,

스스로 일어설 수 있을 때,

진정한 취집 준비생이 될 수 있다.

취집이든 맞벌이든

결혼의 문이 열려야 가능한 일,

진심을 다해 많이 싸우고,

많이 사랑할 수만 있다면,

결혼 생활도 훌륭한 직업과 다름없다.

인정하면 끝인 걸 왜 괴로워하니

 너 없이는 못 산다.
이런 건 연애할 때 실컷 하기.
결혼은 틀에 맞추는 일,
어떻게든 맞추려고 이리저리 몸 비트는 일.
나 잘났다 너 잘났다 수천 번 싸우는 게 결혼,

신혼의 달콤한 꿈은 잠시,
옆에 있어도 늘 쓸쓸한 남편,
익숙해지고 편안해지는 건 줄 알았더니
사실은 '남의 편'?
연애 때의 설렘과 기대는 사라지고
얼굴만 봐도 화가 난다.
육아와 가사는 고스란히 나의 몫,

·· 따져봅시다

똑같이 시작한 결혼 생활
시간 지날수록 불공평하다.

기왕이면 아름다운 결혼이 싫은 사람 있나?
그러나 독야청정 아름다운 척할 수 없는 게 결혼이다.
시작도 하기 전에 상대가 미운 순간이 수두룩.
그냥 인정하자.
시작부터 끝까지 틀에 맞추는 게 결혼이라는 것을.

결혼은 구속과 책임.
괴로워할 것도 없다.
상대에게 바라기 전에 나부터 가정을 일구면 되고,
이름 모를 풀꽃이 씨를 뿌리듯
내 몫을 해나가면 되는 일.
결혼의 틀, 그 안에서도 충분히 행복은 만들어진다.
어려움 속에서도 어떤 행복을 만들어 나갈지 생각하려고,
그래서 사람들은 결혼이라는 미친 짓을 하는 거다.

결혼하기 싫다면 안 해도 되지만,
그래도 해야겠다면 환상에서 깨어나자.
그것이 속았네, 억울하네,
뒷북 안치는 유일한 방법.

결혼, 미친 짓 맞다

'결혼 꼭 해야 하나' 설문조사해봤더니
45.6%의 미혼 여성들이 안 해도 된다 한다.
왜 안 그래, 이게 드라마틱하길 해, 달달하기를 해?
혼자 사는 게 훨씬 편하다는 엄마 푸념 듣고 자라
'난 독신으로 살 거야' 했더랬다.
결국 결혼해보니, 해도 후회, 안 해도 후회라는 이 멋진 말,
당최 누가 만든 거야?

그런데 말이야,
청량고추 매운지 모르고 먹는 사람도 있나?
매운 거 알면서도 먹고난 뒤
눈물 찔끔, 속이 화끈, 그게 인생이지.
화끈하고 얼얼하고 머리까지 띵하지만

안 먹어본 사람은 절대 그 맛 모르지.

인생이 그렇고, 결혼 생활이 그렇다.
실패할 확률, 후회할 확률을 줄일 방법은
혼자 살던 생각, 습관, 가치관을 바꾸는 것뿐.
사랑하는 사람 만나 연애하다
물 흐르듯 결혼으로 골인?

오, 노~!

상대를 향한 애절한 사랑만 남겨두고
나머지는 싹 바꾸자.
빨리 가려면 혼자 가고 멀리 가려면 함께 가라는
아프리카 속담처럼,
혼자 다니던 익숙한 길 아니라
둘이 함께 낯선 길 자박자박 걸어가는 게 결혼이다.
너 없으면 못 살아, 그래도 헤어지는 게 결혼.
반대로 뜨거운 사랑 없이도 평생을 잘 사는 부부들은
나를 내려놓고 상대에 맞추는 이해와 배려 덕분.

… 따져봅시다

'난 나만의 방식이 좋아'

'절대 못해! 난 진짜 잘났거든.'

이 습성을 버리기 싫다면, 더 즐기고 더 기다리자.

준비되지 않은 거니, 서두르지 말자.

좋은 사람 만나고 싶다면

내가 먼저 좋은 사람이 되어주어야 한다는 걸 깨달을 때까지.

그때까지 솔로로 지내는 것도 나쁘지 않다.

결혼 생활은 상대한테 바라는 것이 아니라
내가 먼저 사랑과 희생을 배워나가는 일.
무슨 아스팔트에 껌 뱉는 소리냐고?
살다보면 알게 된다, 닥쳐보면 이해한다.
왜 내가 변해야 잘 살 수 있는지.

내가 이 인간이랑 왜 결혼했을까?

도대체 이 인간이랑 왜 결혼했나 몰라!
세상에 이 얘기 안 하는 여자 없다.

지지리 가난한 집에서 자란 민정이,
남자는 무조건 돈이라더니 정말로 부잣집에 시집갔다.
처음에는 얼굴이 화사하게 피더니,
시간 지날수록 웃음 잃는다.
사는 게 사는 게 아니야, 숨 막혀 죽겠어.
시댁이고 남편이고 처가 알기를 개뿔로 알고,
사사건건 무시한단다.

무능력한 아버지, 억척같이 일하다 골병 든 엄마 밑에서 자라
남자는 무조건 능력이라던 희정이, 사업가 남편 만났네.

··· 따져봅시다

한 달에 반 이상은 해외나 지방출장,
어쩌다 집에 들어오는 날은 취해서 곤드레만드레.
독수공방이 따로 없다.

연예인 팬클럽 쫓아다니던 수정이, 음악 하는 남자 골랐네.
인기 많은 남자와 살아 보니, 자기가 상전.
생계보다 음악이 먼저, 가족보다는 친구가 우선.
누가 이런 남자 만난다고 하면 도시락 싸들고 말리네.

평생 아내한테 꽃 한 송이 못 건네면서
밖에서는 유머 있고 리더십 있는 남자, 만인의 연인인 남자.
처음에는 좋아도, 평생 좋은 게 아니라는 말씀.
때때로 장점이 단점이 되는 현실.
사실 대부분은 장점이 단점이 되는
슬픈 결혼의 현실.

내 짝을 고르는 일에도 직감이 필요하다.
만일 상대와 결혼한 이후를 상상하는
것만으로도
수많은 장애물들이 떠오른다면,
정말로 그 결혼, 다시 한 번 고민해보길.

Tip 사랑의 기초

로버트 스턴버그의 '사랑의 삼각형' 이론

친밀감 : 상대방에 대한 배려와 아끼는 마음

열정 : 성적인 욕망과 육체적 반응

헌신 : 미래에 대한 확신과 결단

결혼을 결정하는 그 순간만큼은

이 삼각형이 제대로 된 모습이지 않았을까?

PART **2**

대한민국
아줌마,
좌충우돌 이야기

늘 함께 있는 것은 좋다
단 샴쌍둥이일 때만 그렇다
― 빅토리아 빌링스

계란 한 판쯤은 돼야 인생을 알지

나는 대한민국 아줌마,
일보전진을 위한 일보후퇴조차 없는
매일 매일이 숨 가쁜 실전.
서른 개를 꽉 채워야 완성되는 계란 한 판처럼
서른 살이 되기 전에는 절대 몰랐던 사실들.
그걸 하나둘 깨달으며 아줌마가 되었다.

아줌마가 되는 첫 번째 문턱,
나 자신을 버리는 일.
왜 그래야 해? 아줌마는 사람 아닌가?
그래야 한다는 법칙 어디에도 없지만,
만만치 않은 현실이 없던 법칙도 만든다.
누구 하나 칭찬해 주지 않는 가사일,

·· 따져봅시다

남편과 아이들, 시댁까지 뒤치다꺼리,
닥쳐보니 서럽다 할 때는
이미 감당할 수 없는 지경,
정신없이 하루는 가고
반복되는 일상에 매일매일 병들어 간다.

그렇다고 주저앉아 울고만 있어야 하나.
이래봬도 내가 계란 한 판짜린데!
찜, 말이, 프라이,
어떤 요리에든 잘 쓰이는 게 계란이다.
같은 계란도 색다르게 요리할 수 있는 것이야말로
아줌마의 힘!

그렇다, 아줌마는 그냥 만들어지는 게 아니다.
내가 바로 서른 개가 꽉 찬 계란 한 판의 주인.
막강 파워 아줌마가 될 준비, 본격 시작이다.

어려울수록 강해지는 것이 아줌마의 힘.
힘든 시절을 이겨내는 것 또한 뿌듯한 성취.
계란 한 판을 자유자재로 요리할 그날까지
끊임없이 성장하자!

시다바리 내 인생

남편 뒷바라지에 골병 드는 아줌마들.
아들 키우기보다 남편 키우기가 더 힘들다 한다.
출근할 때마다 갖다 바치는 양말, 지갑, 안경……
물 한 잔 제 손으로 못 떠먹고
시도 때도 없이 불러댄다.
알콩달콩 깨 쏟아질 때
포도 껍질까지 까서 바쳤으니……
더운 날에도 달라붙어 물고 빨고 예뻐했던,
한 치 앞을 못 내다보던 눈 먼 신혼.

남편이 평생 나만 바라보고 살 수 없으며,
마누라라고 평생 헌신할 수도 없다는 걸 몰랐지.
단물 빠지면 뒷감당 못하니

무리수 두지 말아야 한다는 걸 그땐 몰랐지.

밥 먹다가 눈만 마주치면 사랑 나누는 좋은 시절
몇 달을 갈까, 몇 년을 갈까?
뜨거운 사랑이 식고 나면 누가 책임질까.
몸종도 아니고 잘도 부려먹네 화낼 때쯤에는
이미 돌이킬 수 없는 상태.

신혼 때는 뭐든 해줄 수 있다.
그래도 남편이 할 수 있는 일은 내버려두자.
물건 찾을 때 모른 척도 하고,
옷 입는 것 맘에 안 들어도 아무 말 말자.
평생을 살아야 할 사람, 사랑도 표현도 아끼자.

'스스로 어린이'를 키워내는 건 엄마인 것처럼,
'스스로 남편'은 아내가 키워낸다.

선물도 하나씩 꺼내 보이는 게 더 큰 감동.
사랑은 일시불이 아니다.
조금씩 꺼내 쓰는 사랑이 오래 간다는 말씀.

‥ 따져봅시다

남편은 남의 편이라더니

하루 종일 애 보느라 쉴 틈 없는데
허구한 날 야근에 회식에
얼굴 한 번 보기도 힘든 남편.
어쩌다 들어온 날도 아이 울어 시끄럽다,
각방 쓰며 잘도 잔다.

드디어 찾아온 주말,
나도 좀 쉬어볼까 남편에게 기대려 하지만,
아침 9시만 되면 휑하니 나가버린다.
등산, 낚시, 골프, 볼링,
싱글보다 화려한 취미 생활.
애는 나 혼자 낳았나?

결혼 3년차 되니
'너 없인 못 살아'가 '너 없으면 잘 살아'가 된다.
화장대 앞에 앉아본 게 언제인지…….
커피숍에서 수다 떤 게 언제인지…….
백화점 구경은 딴 세상의 일이고,
인생의 유일한 외출은 마트에서 장보기.
청승을 안주 삼아 맥주 한 잔 하려 해도
껌딱지 우리 아이, 모유 수유가 나를 막는다.
날로 쌓여가는 스트레스 풀 길 없고,
의지와 상관없이 나날이 살만 찐다.

남편은 갈수록 가관, 빠져나갈 궁리만 하니
그 이기심에 이를 갈며 산후우울증이 온다.
'이 남자를 믿고 계속 살아야 하나?'
까마득한 앞날.
너무 빨리 깨져버리는 결혼의 환상.

.. 따져봅시다

결혼 3년차쯤 되면 다가오는 우울한 현실,
결혼 생활에 찾아오는 첫 번째 위기.
다만 외로움에 지치지 않도록 스스로를
다독이는 법을 안다면
현명하게 넘어갈 수도.

밥 한 끼 차리기 왜 이리 힘들어

직장 다니다 결혼하면
살림살이만큼 어려운 게 없다.
학교 다닐 때는 열심히 공부해라,
직장 다닐 때는 열심히 버텨라 말만 들었지,
밥 하고, 빨래하고, 청소하는 일
이렇게 다양하고 끝이 없을 줄이야.

결혼 초에는 대충 한 끼 때우고
주말에는 분위기 내며 외식도 했는데
아이 낳고 보니 정신없는 와중
이유식 만들기가 웬말이더냐.
쌀은 어떻게 불리고, 육수는 어떻게 만들고
야채는 어떻게 다듬고, 고기는 어떤 부위를 써야 할지

‥ 따져봅시다

복잡하고 어렵기만 한 요리 입문기.

입 짧은 남편은 기껏 만들어주면 젓가락도 안 대고
끼니때마다 국, 반찬 종류별로 찾아댄다.
어떤 하루는 된장찌개 제법 맛있다가도
다음날 다시 해보니 짜기만 한 소금 찌개.
할 때마다 다른 맛, 주부 초단의 고충.
밥 한 끼 차리기가 이렇게 어렵구나.

요리는 필수가 아닌 선택.
하다 보면 느는 것이 요리 실력!
착한 남편들은 먹다 남은 반찬 내놔도
불평 한마디 없다.
스트레스 받지 말고 할 만큼만 하는 게
요리 9단의 비결.

홈쇼핑에서 시켜 먹는 김치의 맛!

살림의 최고봉은 단연 김장.
김치, 정말 아무나 담그는 거 아니다.
주부 9단이라면 단연 밥도둑 김치 완성.
배추 김장부터 시작해 동치미, 파김치,
열무김치, 부추김치, 오이지까지,
부럽고도 부러운 그들의 손맛.

채 익지 않은 손으로 해봤자 손해 보는 장사니,
시댁 가서 김장 거들고 한 박스,
시시때때로 친정에서 한 박스,
공수의 달인이 되었다.

매번 가지러 가기도 만만치 않아

‥ 따져봅시다

얼갈이 한 단 사서 도전해본 겉절이.
절여 놓고 보니 확 쪼그라든다.
한 동이는커녕 한 줌도 안 되는 양,
에이, 열무라도 섞을걸.

배추 두 포기 사들고 와서 다시 도전해본 배추김치.
부엌은 폭탄 맞고, 바쁘다고 점심, 저녁 시켜 먹고 나니
온몸이 시큰시큰 몸살만 얻었다.

솜씨 부족한 아줌마들이여, 그냥 맘 편히 사 먹자.
딸이 커서 시집가면 김치는 못 담아줘도
이렇게 말해줄 수는 있을 테니까.

"얘, 내가 먹어보니 맛있더라. 지금 홈쇼핑 틀어봐."

요즘 홈쇼핑 김치, 먹을 만하다.
애먼 짓하다가 몸살 나서 가족들 탓하느니,
리뷰도 읽고, 직접 맛도 보면서
괜찮은 김치, 홈쇼핑 채널을 찾아봐도
나쁠 것 없다.

당신, 신발 사이즈가 뭐야?

●
○

결혼하고 보니 사소한 습관부터 부부가 서로
다르다. 치약 짜는 방식, 화장실 휴지 거는 방향,
음식의 간, 물건 정리 습관.

결혼은 잘 차려진 밥상에 숟가락 하나 얹는 게 아니다.
뭘 먹을지 고민하고, 함께 재료를 사고, 밥상을 차리는 일이다.
못 살 것처럼 싸우기도 하다가 어느 날엔
오순도순 마주앉아 밥 먹는 것.
그 과정이 반복되며 쌓이는 게
돈 주고도 살 수 없는 미운 정이라네.
싫어서 숟가락 던지고
"너 같은 인간이랑 밥 안 먹어!" 돌아서도
평생 밥 안 먹고는 살 수 없는 일.

싫든 좋든 함께 밥상에 앉는 게 결혼이고, 가족이다.

남편이라는 사람들은 독심술가가 아니다.
말해야 안다, 가르쳐야 한다, 스스로는 절대 못한다.
"여보, 이번 주에 내 생일인데 백화점에 원피스를 하나 찍어놨
거든!"
정확히 말해야 한다.
그 정도 했으면 알아서 사온다고?
천만에 말씀!

한번은 웬일로 생일 선물을 사왔기에
박스 열어보니 예쁜 구두 한 켤레.
그런데 좋다 말고 김샌다.
"이건 225잖아? 내 사이즈 235인데 그것도 몰랐어?
다음부턴 돈으로 줘."
남편의 꽁꽁 얼은 마음에 찬물까지 끼얹었다.
돌이켜봐도 미안한 일.

결혼은 서로를 채워가는 일.
그때 그 선물 고맙게 받았더라면,

올해도 구두 한 켤레쯤 사다주지 않았을까.
모래알에서 찾은 진주처럼
빛나는 배우자는 바로 나 스스로 만든다는 걸,
지금에야 돌이켜 생각해보네.

이 남자와 결혼한 게 후회되는가?
그렇다면 행여 내가 잘 차려진 밥상만
고르려고 했던 건 아닌가,
그렇다면 나 자신은 얼마나 완벽한가
생각해보는 게
공평한 일 아닐까?

·· 따져봅시다

북엇국 끓이는 여자

결혼 전엔 몰랐네,
나는 아이 키우느라 유배 생활,
남편은 자유 생활.
연이은 술자리에 짜증 좀 냈다고,
일 때문에 마셨다고 적반하장 화내는 남편.

이러나저러나 새벽에 고주망태로 들어와 아침에 출근하는
우리 남편, 이러다 명 줄어든다.
직종을 바꾸던지,
이민을 가던지,
왕따로 살던지,

그래, 참아주지. 피곤한 당신도 불쌍하니까.

나도 대한민국 직장문화 한꺼번에 못 바꾼다는 거 잘 안다.
잔소리하고, 싸워봤자 나만 손해지.
힘든 고개 하나씩 함께 넘는 게 결혼 생활.
바뀌지 않는다고 원망 말고
바꿀 수 없는 현실이라면 받아들여야지.

누가 유배 생활이고 자유 생활일지는
우리 머리 희끗해지면 알 수 있을 일.
이래도 싫고 저래도 싫으니,
당신 몸 아프지 않도록,
고장 나기 전에 기름칠이라도 하도록
따뜻한 북엇국 한 사발,
남편에게 바쳐본다.

술자리서 늦게 들어온 남편에게
쌍심지 켜다가도
해장국만큼은 꼭 끓여주는 건,
남편이 결혼 생활을 이어가는
또 하나의 축이기 때문.
한 축이 무너지면 나머지 한 축도 무너지기에,
북엇국 한 그릇으로 지켜낼 수 있는 게
있다면,
그렇게라도 최선을 다해야지.

거울 속 저 아줌마는 누구?

●
○

 나도 잘나가던 때 있었지.

길거리를 지날 때면 힐끗힐끗 쳐다보던 남자들.

어느 날 거울을 보니

영락없는 아줌마 하나가 나를 보네.

아침부터 밤까지 아이 돌보며 똥 싸면 똥 닦아주고, 밥 달라면 밥 주고,

설거지, 청소, 빨래 끝도 없는데

아무리 닦아도 욕실은 더럽고 싱크대는 지저분하다.

늘어난 뱃살은 줄지 않고

마음 한 구석은 텅텅.

먹다 남은 된장찌개에 밥 비벼 먹고

청소하다 말고 TV 보는 게 유일한 자유 시간.

돌아서니 아이들 집에 올 시간,

‥ 따져봅시다

밥 챙겨주고, 설거지하고, 씻겨 재우니
또 하루가 간다.
그래도 휴일은 좋겠다고?
휴일 되면 더 힘들어.
종일 세 끼 차리고
아이들 뒤치다꺼리, 남편 잔심부름
이런저런 집안일에 베란다 청소까지
허리 펼 시간도 없다.
거기다 결혼식에, 돌잔치, 가족 모임,
행사는 왜 이리 많은지.
직장 다닐 땐 월요병, 아줌마 되니 금요병,
아, 돌아가고 싶다.
주말이 심심해서 몸부림치던 그 시절로.

남들은 다 좋다는 주말이 괴로워지면
아줌마 됐다는 증거.
숨 쉴 틈 없이 바쁘게 움직이는 주말,
틈틈이 거울 속 아줌마에게 스스로 힘을 주자.

"아줌마, 정말 대단해! 당신, 잘하고 있어!"

우리들의 막장 드라마

신혼의 단꿈에 젖어 밤낮 사랑해도 시원찮을 판에
남편은 매일 밤 하이에나처럼 술자리만 돌고 돈다.
시계 바늘은 자정 향해 달리고,
핸드폰을 만지작거리다가 벌렁 드러누워서는,
'이 인간이 나를 무시하나? 이 시간까지 전화 한 통 없고……'
오만가지 생각에 머리가 복잡하다.

'전화 한 통 하면 손가락이 부러지나?
한참을 참다 전화를 걸어보니 받지도 않네,
죽고 못 살겠다 결혼할 땐 언제고
이젠 집에 들여놓은 가구 취급이야.
화가 머리끝까지 날 무렵, 드디어 울리는 벨소리.
미안하다고 하겠지? 그럼 한바탕 쏘아붙여야지.

‥ 따져봅시다

단단히 결심했는데, 들려오는 한 마디.
"왜 자꾸 전화를 걸어!"

사랑받아 마땅한 신혼,
난 호적에 잉크도 안 마른 새 신부다.
어이가 없어 눈물 흐르고 심장 벌렁거리고
억울하고 분한 마음에 죽고 싶은 심정이다.
어두운 밤 소파에 우두커니 앉아 있으니
한참 뒤 문 여는 소리.
내 입에서 터져 나온 비장한 한 마디.
"우리 이혼해."
주춤하던 남편, 되레 큰소리다.

"그래 하자! 이혼!"

마음 기댈 곳 없어 무작정 밖으로 나가보니
캄캄한 밤 길거리, 외롭고 무섭다.
정처 없이 걷다 보니 재활용 쓰레기장,
저 버려진 물건들과 내 신세, 다를 바 없구나.
박스 하나 깔고 앉아 하염없이 흐르는 눈물을 닦았지.

아직 신혼인데 이혼하게 생겼네,
부모님 얼굴, 결혼식 날 하객들 얼굴 하나씩 떠오른다.

간신히 마음 다잡고 생각해보니,
절대로 물러날 수 없다.
이것이 바로 인생의 무게,
그렇다면 방법을 찾아야지.
까짓것 다시 시작한다 생각하면 되지.
용기를 내서 조용히 집으로 들어간다.

다음날 아침, 해장국까지 끓여놓았는데
밥상은 쳐다보지도 않고 집을 나서는 남편.
하이구야, 기가 찬다.
드라마를 보면 이럴 때 살며시 다가와 안아주던데
그러면 못이기는 척 화해도 잘만 하던데.

아침부터 걸려온 친구 전화,
"신혼 재미가 얼마나 좋으면 연락 한 통 없니? 잠수 탔어?"
진짜 잠수라도 타고 싶은 심정.
한참 동안 내 얘기를 듣던 친구, 한숨부터 쉰다.

·· 따져봅시다

"너희 남편, 대쪽 같아서 부러지면 부러졌지 숙일 사람이
아니야.
헤어지고 나면 뒤도 안 돌아보겠다, 얘."
이것이 운명이란 말인가!

오늘도 나는 드라마 여주인공,
어두운 창밖을 바라보며 커피를 마신다.
텔레비전을 켜니 요리 프로그램이 한창,
대나무를 잘라 그 안에 오리를 넣더라.
"대나무는 따뜻한 불로 천천히 달구면 부드럽게 휩니다."
순간 귀가 번쩍 열린다!
저 안 꺾이는 대나무도
따뜻한 불로 천천히 달구면 휘어진단 말이지!

그날 밤 푸짐한 저녁상에 남편이 즐겨 마시는 와인까지.
"마지막 만찬인 거야?"
어색한 남편의 한마디에 답한다.
"진짜 이혼이라도 하자고? 그러기엔 내 인생이 너무 아까워."
그래도 아무 대답 없는 남편,
먼저 손 내밀어주면 좋으련만.

아무렴 어때, 그깟 자존심 개나 줘버리자.
와인을 따라 건넨다.

"당신과 나는 서로 생각이 다른 사람들이야.
그걸 서로 맞춰나가는 게 부부잖아."
이쯤에서 한 마디 받아쳐주면 좋으련만 묵묵부답 내 남편,
나 혼자만 바보처럼 중얼거린다.
'이 남자와 앞으로 살아갈 날이 까마득하구나!'
그런 생각에 답답했던 오래전 그날.

그러나 한 가지 깨달은 점 있다면,
자존심을 건 부부 싸움보다는
진짜 이기는 싸움을 할 필요가 있다는 것.
싸우는 건 나쁘지 않지만,
그 싸움에서 뭔가를 얻어야 진짜 싸움이라는 것.
조금 덜 강한 쪽이 내려놓는 것,
그게 결국 이기는 싸움이다.

·· 따져봅시다

따스한 이해와 배려로 대쪽 같은 남편을
수십 년 달군 결과,
우리 남편은 어떤 사람이 되었을까요?
그 결과가 궁금한 분은 개인적으로
연락주시길!

남편 사용 설명서

* 제품 사양

수명 80세, 신장 175센티미터,

몸무게 80킬로그램, 머리는 크지만 뇌 용량은 작다.

* 사용 최적 환경

맛있는 음식이나 술이 있는 곳,

다양한 스포츠 채널이 나오는 TV 앞,

컴퓨터를 비롯한 디지털 기기, 당구대,

멋진 자동차 근처에서 이상적으로 작동한다.

* 작동이 잘 안 될 경우

스포츠나 뉴스를 시청하고 있을 때,

주말에 갑작스런 쇼핑을 제안할 때,

결혼 전 과거를 캐물을 때,

낮잠 자는데 깨워서 일 시킬 때,

밖에서 술 마실 때, 집안 대소사를 결정할 때

·· 따져봅시다

* Q&A

1. 계속 말을 시키면 외면한다.

유통 중인 남편 중 대화 기능이 장착된 경우는 드물다.

'의논'이나 '상의'와 같은

프리미엄 기능을 가진 모델을 구하는 건 하늘의 별 따기.

제품을 무리하게 업그레이드하다가는 고장 날 수 있음.

기능적 한계를 받아들이는 것이 정신건강에 좋다.

2. 청소나 설거지 등 집안일 모드가 작동하지 않는다.

한 번 가르쳐 준 것은 단순 반복하는 기능이 있으므로

할 일을 정확하게 입력하는 것이 필요.

"청소 좀 해 줄래?"와 같은 부탁조의 말은

전혀 이해하지 못한다.

3. 귀하게 만들어진 모델(?)이라 손 하나 까닥하지 않는다.

대부분의 모델에는 권위 의식 칩이 들어가 있음.

손가락을 까닥하고 다녀도 아무 이상이 없다는 것을

반복 훈련을 통해 인지하도록 길들여야 함.

4. 미니어처(아이들) 일에 무관심하다.

아이들과 잘 놀아주지 않는 모델에게는
확실한 휴식과 확실한 육아 시간을 준다.
아이와 단둘이 외출을 한다든지 하여
혼자서 확실히 미니어처를 전담하게 해야 함.

5. 잔소리를 해도 개선되지 않는다.
대부분의 모델이 소음에 민감함.
반복되는 잔소리는 고장의 원인이 될 수 있음.
특히 비꼬는 말, 냉소, 조롱 등에 취약하다.
차라리 눈물이나 먹이 안 주기 등의 공갈협박이 잘 먹힘.

6. '사랑해' 같은 달콤한 말을 하는 기능이 상실됐다.
시간이 지날수록 무심함 칩이 활성화 되는 특징이 있음.
칭찬 모드를 사용하면 개선 효과가 있다.

‥ 따져봅시다

알 수 없는 남편의 마음

매일 늦게 들어오는 남편,
어쩌다 일찍 들어왔다 싶으면
한껏 인상 구기고 방으로 들어가 버린다.
휴일이면 하루 종일 잠만 자고
일찍 퇴근한 날이면 어김없이 혼자 술을 마신다.

불러 앉혀 놓고 따지고 싶다.
도대체 왜 그러는 거야?
불만이 뭐냐고?

남편의 속마음 알 길이 없다.
피곤해서 그러는 건지
꼴도 보기 싫어서 그러는 건지

* 회피형
집에 잘 들어오지 않음(마주치지 않으면 상처받을 일 없겠지)
수동적임(하라는 대로만 하면 불만을 가지지 않겠지)
침묵(아무 말도 안 하면 상처받지 않겠지)

술이나 약물에 빠짐(이런 현실이 싫어)

* 적대형

화를 잘 내고 짜증을 냄

(먼저 짜증을 내면 나한테 불만을 말하지 않겠지)

끊임없이 말다툼하고 싸움(당신이 틀렸어, 내가 맞아)

헤어지자고 함(벼랑 끝 전술을 쓰면 내 말을 듣겠지)

성관계를 요구함(성적으로라도 우위라는 걸 보여주고 싶어)

* 보상형

상대방을 기쁘게 해 주려고 지나치게 애씀

(이렇게까지 하는데 불만을 갖지 않겠지)

항상 모든 요구에 동의함(이렇게 하면 날 싫어하지 않겠지)

티끌 하나 없이 정리정돈하고, 완벽하게 치장함

(나를 탓할 일 없겠지)

* 냉정형

움직이길 귀찮아하고 무책임하게 방치

(나는 지쳤어. 모든 게 귀찮아)

항상 누워 있거나 우울하고 무기력(나한테는 아무 희망이 없어)

⋯ 따져봅시다

PART **3**

아이들은
옹알이,
엄마는 속앓이

사랑이란 두 영혼이 아껴주고 보듬으며
서로를 환히 맞아주는 데 존재한다
- 라이너 마리아 릴케

둘째는 아침 먹고 갈게!

부부에게 첫아이의 의미는 남다르다.
부모라는 이름으로 다시 태어나는 순간,
아이의 첫 울음소리를 들었을 때의
그 떨림과 설렘.
비로소 가족의 이름으로 하나가 되는 순간.

살아오면서 가장 잘한 일 뭐냐고 묻는다면
아이를 낳은 것이라고 하겠다.
엄마 아빠를 닮은 손발, 눈 코 입,
혈액형과 성격, 하물며 버릇까지 닮은 내 아이.

게다가 12시간 진통 내내 손을 꼭 잡아줬던 그이,
신혼의 악몽 같은 기억들도 스르르 녹는다.

·· 따져봅시다

매일 춥거나 매일 덥기만 한 게 아니듯,
영원히 아플 것 같은 인생에도 무지개가 뜨지.

하지만 역시 남자들 뇌는 아이러니 그 자체.
둘째 때는 뭔가 달라.
아이 낳으러 간다니 집에서 편히 자고 싶은 눈치.
혼자 짐을 싸서 산부인과 가니,
오한과 구토가 몸을 쥐고 흔든다.
아무도 없는 캄캄한 3층 병실을 나와
지하 1층 분만실까지 내려오면서
이러다 죽는구나! 남편이 있었으면 좋았을 텐데!
참을 수 없어 핸드폰을 든다.
"진통 시작됐어. 빨리 와!"

아내 생각에 깊은 잠은 못 들었겠지.
그래도 둘째 생각에 기뻐하고 있겠지.
일말의 기대를 가뿐히 깨버리며
자다 깬 남편, 다급하게 한다는 소리,

"알았어! 아침 먹고 금방 갈게!"

하하, 지금 아침이 문젠가요?
신기하기만 한 남편의 뇌 구조.
둘째의 기억은 그렇게 남편과 함께 남고,
지금도 돌이켜 쿡쿡 웃게 되는 그 한 마디.
"아침 먹고 갈게."

출산 때 아내 곁에 있지 않았던 남자들이여,
평생 찬밥만 먹어도 할 말 없다.
아이는 배로만 낳는 것이 아니라,
가슴으로도 낳는다.
출산의 고통을 아내와 함께
가슴으로 하지 않은 죄,
열과 성을 다해 석고대죄하라.

·· 따져봅시다

100일의 '기적' 아닌 100일의 '기절'

똘망한 눈망울, 오물대는 작은 입

천사처럼 예쁜 아기를 꿈꾸며
임신과 출산을 준비했지.
그런데 왜 아무도 말해주지 않았지?
잠은커녕 화장실도 못 가는 육아의 고통.
'어버이의 은혜' 노래가 왜 교과서에 나오는지,
부모 되고 보니, 알겠다.

아이가 태어나면 모든 게 달라진다.
내가 바라는 건 단순한 소망,
맘 편히 밥 먹고, 맘 편히 화장실 가기.
죽을 만큼 힘들던 출산의 고통은 잠시,
육아의 고행 길은 끝이 없구나.

아이 낳자마자 시작되는 젖몸살.
배불리 먹일 수나 있으면 감사하지,
젖이 모자랄까 걱정하고 분유 타서 먹이고,
한 시간 자고 일어나 우는 아이 안고 토닥이고,
기저귀 갈다가 꾸벅꾸벅 졸고 만다.

손 탈까 안아주지도 않았는데
어떻게 아는지 엄마 품만 찾는 아이,
눕히기만 하면 눈을 동그랗게 뜨고
안아 달라 찡얼찡얼,
떨어져 나갈 듯 아픈 팔에 눈물만 난다.

산후조리 중요성 나도 알지만,
24시간 아기 돌보느라 성한 구석 하나 없고,
집 밖 산책은커녕 번갯불 콩 구워먹듯이 끼니 해치우고,
싱크대에는 설거지거리와 젖병이 산더미,
아이 안고 서성이며 울기만 한다.
일 분이 한 시간 같고,
퇴근 시간 다가와도 남편은 연락조차 없구나.
100일의 기적이라는 말로 버티다 막상 100일이 되고 보니

·· 따져봅시다

100일의 기적이 아니라, 100일의 기절.
순한 아기도 있다는데 오만 가지 방법
씨알도 안 먹히는 우리 아이,
남편한테 맡겼더니 두 시간을 내리 울고,
삼십 분을 왔다갔다 겨우 재우니
전화 소리, 초인종 소리, 아니 엄마 숨소리만 바뀌어도
금방 깬다.

"엄마! 대체 누굴 닮아 이렇게 까칠한지 모르겠어!"
내 투정에 엄마의 한 마디.
"누굴 닮긴 이것아! 너 닮아서 그렇지!"
친정엄마의 독설이 오늘따라 완전 공감.
엄마가 되는 위대한 길목에서 주춤대는 아줌마들이여,
당신을 키우기 위해 지불한 우리 어머니들의 고충,
그에 보답한다 생각하시길.

육아에 시달리면 아이가 늘 예뻐 보이지는
않는다.
그때마다 내가 기억하는 시 구절 하나.

가까이 보아야 예쁘다.
오래 보아야 사랑스럽다.
너도 그렇다.

- 나태주 시인의 〈풀꽃〉

이게 바로, 우리 아이들이다.

풍진 세상에 자식 내놓기

'풍진 세상을 만났으니' 로 시작하는 노래가 있다.
품 안의 자식, 아장아장 걷던 게 엊그제 같은데
홀쩍 자라 초등학교에 입학한다.
학부모가 된다는 설렘보다
불안한 긴장감이 먼저.

아이가 입학하는 건지
내가 입학하는 건지,
이제부터는 진짜 공분데
뒤처지지나 않을까.
입학 전 뭘 해야 하지?
한글 정도는 알아야 할 거고, 덧셈과 뺄셈도?
학습지는 어디가 좋지?

영어 학원은 아직은 무리인가?
머릿속에 떠도는 새로운 키워드,
담임선생님, 반 엄마들, 성적, 학원, 친구, 왕따······.
하나, 둘 생각할수록 머릿속 복잡하다.

큰 가방을 메고 학교 가는 아이의 뒷모습,
안쓰럽고 걱정스럽구나.
선행학습 필요 없다더니
알림장, 그림일기, 독서록
입학하자마자 쓰는 수업 허다하고,
우리 때와 다른 통합교과과정은 낯설기만 하다.

3월 한 달 동안 펼쳐지는 학교 앞 진풍경
아이 하나, 엄마 하나 단출하게 짝을 이룬 등하교길
아이는 아이대로 엄마는 엄마대로
어리둥절 긴장한 모습들.
어색하고 어설프게 시작하는
파란만장한 아이의 학창 시절.

아이의 학교 입학은
아이도 엄마도 새로운 삶으로 들어가는
길목이다.
온갖 걱정으로 시간을 낭비하기보다는
그 순간의 기쁨을 자축하자.

내 자식 귀하면 남의 자식도 귀하다

아이의 초등학교 입학 후 찾아오는 첫 번째 난관,
학부모 회의와 반 모임.
참석 안 하면 큰일 날까 싶어 바짝 긴장한다.
"우리 반을 대표해주실 엄마를 뽑습니다."
담임선생님, 누가 나서나 두루두루 쳐다보면
달그락달그락 머리 굴리는 소리들.

용감한 엄마 하나 번쩍 손을 들면,
그제야 일제히 박수를 친다.
그건 환영의 의미, 동시에 질투의 의미,
그리고 안도의 의미…….
나는 하기 싫어도 누가 나서면 인정하기 싫은 것이 감투다.
실로 그런 자리는 예정된 결말을 향해 달려간다.

·· 따져봅시다

못하면 능력 없다 욕먹고, 잘해도 왕재수 된다.

아이들만 생각하면 되는 일인데,
엄마들끼리 굳이 그래야 하나.
아이들은 천차만별 각각의 색을 타고 난다.
똑똑한 아이, 조금 모자라는 아이,
소극적인 아이, 장난 심한 아이,
몸이 불편한 아이, 정서적 장애가 있는 아이.
이 아이들만 생각하면 되는 일인데,
같은 유치원 보낸 엄마들, 벌써부터 뭉치려 든다.
집에 드나드는 친구 만들어주려면
엄마들끼리 안면 터야 하니
같은 동네, 같은 아파트끼리 똘똘 뭉친다.
나머지는 어디에 껴야 하나 눈치만 슬슬.

반대표 뽑은 뒤 열린 첫 번째 모임,
꼭 가야 하나 독야청청 나 홀로족들.
"엄마들 모임은 말이 많아서 싫어요.
쓸데없는 얘기나 듣고……."
이런 생각이 들수록 더더욱 참석해야지.

같은 반 엄마들을 알아야
아이 학교생활의 방향을 잡아줄 수 있으니까.

초등학교 1학년 1학기는 그야말로 아수라장.
규칙과 질서를 받아들이는 여덟 살이 몇 명이나 될까?
수시로 화장실 들락거리고, 수업 시간에 떠들고,
말보다 행동이 앞서는 천방지축 아이들.
그래도 초등학교와 유치원은 천지 차이라
남에게 피해를 주면 안 되는 공동체 생활.
사소한 일에도 발 벗고 나서는 요즘 엄마들,
"엄마, 오늘 친구가 나 밀었어요!" 하면 학교로 전화하고,
틈만 나면 선생님 붙잡고 하소연한다.

그럴 때 반 모임을 하면 문제는 쉽게 해결된다.
"저번에 우리 애가 이랬다면서요? 미안해요."
"괜찮아요. 애들끼리 그럴 수 있죠."
물론 고약한 결말도 있다.
미꾸라지가 물 흐리듯 분위기 흐리는 엄마
자기밖에 모르고, 자기 아이가 최우선이며,
사사건건 못마땅해 트집 잡는 엄마,

말 옮겨가며 이간질하는 엄마,
겸손과 배려는 모르는 안하무인 엄마,
초등학교 1학년 아이들만큼이나
엄마들의 반 모임도 어수선하고 복잡하다.

해법은 하나, 어쩌면 간단하다.
자식 가진 부모 마음은 모두 같으니
내 자식이 귀하면 남의 자식도 귀한 법,
그것만 기억하자.
아직 서툴고 어린 아이들을 다함께 보듬어 주는 자리,
그것이 엄마들이 할 일임을.

좋은 마음으로 참석하면 좋은 이야기 오고가고,
부정적인 시선을 가지면 영원히 불편한 자리,
엄마들 모임.
다소 미운 사람이 있다 해도
긍정적인 마음으로 참석하면
실보다 득이 많다.

우리 아이가 왕따라고?

지금껏 남의 일로만 알았더니,
하교하는 아이 어깨가 축 처져 있다.
선생님한테 혼났나, 친구들하고 다퉜나
오만 상상이 펼쳐진다.

"친구들이 나랑 안 놀아 줘."
오 마이 갓! 말로만 듣던 왕따?
어디서부터 수습하나,
"어떤 녀석이 그래? 엄마가 혼내줄게."
금쪽같은 내 새끼 생각에
당장 그 애를 찾아가고 싶다.

왕따! 세상에서 가장 무섭고 소름끼치는 말!

‥ 따져봅시다

그러나 겁먹지 마시라.
이리 어울리고, 저리 어울리고,
친구 사이에 끼고 못 끼는 건
다반사로 일어나는 일.
아이들끼리 부딪히고 풀어나갈 일이
어른 시각에서 더 부풀려지고 큰 사건이 된다.
자라보고 놀란 가슴 솥뚜껑 보고 놀라는 격.

왕따를 당하는 아이들은 대개
부모와의 소통까지 단절된 경우가 많다.
아이의 오늘 하루 얘기에서
친구들과의 갈등보다는 아이의 기분이 먼저.
여전히 밝고 꾸밈없다면 일단은 안심해도 괜찮다.

틈틈이 돌아보자.
아이 말만 듣고 정작 중요한 걸 놓친 건 아닐까?
우리 아이가 먼저 잘못한 건 아닐까?
아이들 생각에는 기준이 없다.
친구 때리고, 물건 빼앗고, 욕할 때
곧바로 잡아줘야 한다.

내 아이만 감싸다가는
정작 내 아이가 어떻게 자랄지는 모르게 되는 법.

이제 막 새로운 세계에서 긴장과 불안을 느끼는 아이,
집에 돌아와 몸과 마음을 편히 쉴 수만 있다면,
친구관계, 학교생활도 얼마든지 잘해간다.
결국 중요한 것은 하나,
우리 아이의 능력을 믿자.

그래도 우리 아이 끼워주지 않은 그 녀석!
얼굴이라도 한 번 봐야겠다고?
정 그렇다면 우연을 가장해 학교로 가자.
아이를 만나면 이렇게 말하자.

"네가 도원이구나! 멋지게 생겼는걸.
앞으로 우리 경이랑 사이좋게 지내렴."

그 아이를 따뜻하게 한 번 안아주면
완벽한 마무리!

아이의 말문을 여는 엄마 & 닫는 엄마

또래보다 작은 우리 아이,
매일 하는 하소연.

"엄마, 애들이 작다고 놀려!"
"괜찮아. 언젠가 클 거야."

이 정도면 충분하다.
아이가 바라는 건 엄마의 위로일 뿐,
학교로 찾아가 문제를 크게 만들라는 게 아니라는 말씀.
그렇게 속마음을 얘기하는 건
절대적으로 자기편인 사람에게 위로 받고
긴장을 풀기 위한 것.
혼자 재잘재잘 잘도 떠들 때,

"속상했겠다. 엄마도 그럴 때 있었어."
마음을 나누면 그만이다.

반대로, 한 귀로라도 아이 말 듣지 않고
시끄럽다, 바쁘다 무시해버리면
아이는 조개처럼 입을 닫는다.
불안은 커지고, 생각은 비뚤어진다.

"엄마, 철호가 나 밀었어!" 할 때,
불꽃같은 반응, 금방 쫓아갈 기세로 전화를 걸어서는
"철호가 우리 애를 밀었대요. 지금 울고불고 난리예요." 하면,
아이는 쥐구멍에 숨고 싶다, 그때부터 말문을 닫는다.
그래도 그냥 넘어가지 못하겠으면
조언 정도에서 그치자.
"철호가 급한 일이 있었나 보네.
다음에는 조심히 다녀! 얘기해봐."

친구들 사이에 못 끼었다는 얘기에
속상해하면, 아이는 좌절감만 느낀다.
이유 따지거나 다른 아이들을 탓하는 대신

차라리 용기 있게 말하는 법을 가르쳐라.

"다음에는 나도 끼워주라."

"그럼 난 오늘 구경꾼할게."

쿨하게 넘어가라고 얘기해주는 것이 최고의 비책.

잘 듣고, 잘 대답하는 엄마의 태도가

바로 이렇게 아이의 학교 생활을 만든다.

학교라는 테두리에 갇혀 지내는 아이들,

엄마 품에서라도 숨 쉴 구멍 필요하다.

남들과 같은 잣대를 들이대지 말자.

가장 중요한 건 아이와 소통하는 자세,

과하게 나서는 것도, 무관심도 해가 된다.

마음의 문을 열어두고

이런 저런 얘기에 귀를 기울일 것.

아이도 사춘기, 나도 사춘기

"우리 애 사춘기잖아. 죽을 맛이야."
요즘 초등학생 아이들, 사춘기가 빨리도 온다.
"옆집 아이는 이렇게 하니까 좋아졌대."
"우리 애는 그렇게 하니까 더 반항이야."
보면 답답하고, 마주하면 열불 나는
사춘기라는 녀석!

교육서 읽어봐도 아무 소용없는 게 당연하다.
아이들마다 천차만별,
사춘기 겪는 방식도 가지각색,
아이는 세상에 단 하나뿐인 존재니까.
결국 우리 아이를 제일 잘 아는 사람은
엄마밖에 없는 셈.

‥ 따져봅시다

남들은 다 무난하게 넘어가는 사춘긴데
우리 아이만 별난 건지,
하긴 남의 집 사정을 어찌 알랴?
사춘기 겪지 않는 아이는 없잖은가.
거울 들여다보는 시간이 길어지고,
몰래 이성 친구에게 손편지를 쓰고,
하라는 공부는 안 하고 웬 고민은 그리 많은지
조금만 뭐라 하면 예민하게 굴고
뭘 물으면 신경질만 낸다.
내 말이라면 무조건 따르던 아이가 도통 왜 그러는지,
분노에 찬 눈길이 낯설기만 하다.
말끝마다 반항투에 삐딱선을 타니
아이와 싸우다 자리에 누울 지경.

"나 좀 봐 주세요! 나 여기 있어요!"
"이래도 안 볼 거예요? 그럼 독립할래!"
"공부가 인생의 전부예요?"
사춘기의 어리광은 집을 나갈 기세고,
사랑스럽던 아이가 웬수처럼 느껴진다.

"너 하나 잘 키우려고 얼마나 고생했는데?"
아무리 외쳐 봐도 쇠귀에 경 읽기.
상상하기조차 힘들었던 반항의 끝장판,
배신감까지 밀려온다.
어디서부터 잘못된 건지,
그냥 아이의 손을 놓아버릴까?

아이가 사춘기면, 부모도 사춘기다.
함께 아파하고, 함께 길을 찾는다.
"요즘 어딜 그렇게 쏘다녀?" 하면
어떤 아이가 제대로 답하겠는가?
"이 자식, 아빠가 묻는데 대답 안 해?" 해봤자,
자리를 박차고 나갈 뿐.
부모 무시한다, 은혜 모른다, 버르장머리 없다,
커서 뭐가 되려고 저러냐…….
온갖 비난 속에 갇힌 아이는
무슨 생각을 할까?

"요즘 우리 아들 얼굴 보기 힘드네. 아빠가 외롭다."
"아빠도 네 나이 때 누가 물어보면 대답하기도 싫고 그랬지."

‥ 따져봅시다

"우리 아들 한 번 안아볼까."
이런 말을 왜 못하는가?
다들 별의별 방법 다 써 봤다며,
노력만큼 아이가 달라지지 않았다 한다.
그렇다면 내 마음을 먼저 내려놓자.
여기서 더 어긋나지만 않으면 된다고.
그 이상은 부모의 욕심일 뿐,
조금 삐딱하면 또 어떤가?

지켜봐주는 사람 있고, 기다려주는 사람 있으면,
아무리 어긋난 아이들도 제자리를 찾는다.
자기가 먼저 힘들다고 난리인 부모는
아이와 싸우고 아이를 공격할 수밖에.
간섭하지 않되 손을 내밀면 잡아줄 수 있는 거리,
그것이 사춘기를 맞은 아이와 부모의 위치다.

사춘기 아이의 마음 읽기

어른 흉내를 내면서 반항하는 아이,
그 아이는 어른인가, 아이인가?
아이랑 맞붙어서 바락바락 싸우는 부모는
어른인가, 아이인가?
반항하는 모습 뒤에 감춰진
아이 마음을 보는 게 먼저다.

밥 먹고, 똥 잘 눴다고 칭찬만 하던 날들,
일어서 걷기만 해도 박수쳐 주던 날들,
공부해라, 학원 가라 할 필요 없이
예쁘다고 궁둥이 두드려주던 부모 얼굴,
아이들은 그런 게 그립다.
처음에는 목도 못 가누다가

·· 따져봅시다

뒤집고, 기고, 붙잡고 서고,
어느 순간 걸음마를 해 모두를 놀라게 했던 우리 아이들.

사춘기도 그렇다.
시기와 방식만 다를 뿐
어느 날 불쑥 크는 아이의 기적,

아이는 사춘기를 통해
홀로 서는 연습을 한다.
이제는 안아 주기에 너무 커버린 아이,
눈에는 보이지 않지만 마음도 훌쩍 자란다.
그러나 "엄마는 간섭하고 아빠는 바쁘기만 하다."고 생각하는 아이는
마음 둘 곳 없이 외로움에 갇힌다.

서너 살 아이가 떼쓰고 투정 부리면 어떤가?
화를 내다가도 결국은 한 번 더 안아준다.
겉모습은 변해도 아이 마음은 여전하다.
사랑받고 싶지만, 오롯이 혼자 서고 싶기도 하다.
아이들의 사춘기는 결국 무조건적인 사랑을 바라는 마음,

그러나 홀로 서고 싶은 욕구의 싸움이다.

아이가 힘들어한다면,
어렸을 때처럼 한 번 더 안아주자.
아이가 느끼기 시작한 인생의 무게를
응원해 주자.
사춘기 때문에 힘든 건
부모가 아니라 아이 자신임을 기억하라.

Tip 조건식 사랑의 대화

나만 사랑해야 해

절대 늦으면 안 돼

내 방식대로만 해야 해

버릇없게 행동하면 안 돼

꼭 성공해야 해

다른 사람들 앞에서 기죽으면 안 돼

항상 나를 도와줘야 해

나한테는 늘 상냥해야 해

네 마음대로 친구를 사귀면 안 돼

나와 항상 모든 것을 나눠야 해

나와 떨어져서는 안 돼

언제나 내 곁에 있어야 해

어떻게 나한테 싫다고 말할 수 있니

주부, 육아별곡

아침부터 시작이네, 아이 비밍 모닝 알람
어제 내가 몇 분 잤나, 눈 밑까지 다크써클

온 삭신이 다 쑤시네, 화장 따윈 다 잊었네.
예쁜 옷이 웬 말이냐, 늘어진 옷 걸쳐 있네.

속 모르는 남편님은, 아줌마가 다 됐다네.
니가 한 번 살림해 봐, 지 뱃살은 생각 안 해.

첫째 아인 밥 달라네, 둘째 아인 징징대네.
남편님은 투덜대네, 오 년 동안 이짓했네.

자식 둘이 적당하다, 낳으라고 누가 했나
부엌에서 눈물 훌쩍, 친정 엄마 생각나네.

힘들었지 그 한 마디가, 그렇게도 힘들더냐
반나절 뭐 거우 누워, 허리 아파 잠도 안 와.

·· 따져봅시다

PART 4

섹스 이야기,
시원하게
해봅시다!

허물을 찾지 말고 해결책을 찾아라
- 헨리 포드

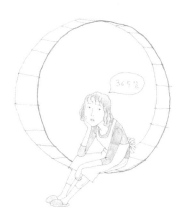

혹시 우리도 섹스리스?

●
●

 "가족끼리 어떻게 해!"
우습지만 서글픈 농담,
아이 둘 낳고 보니 틀린 말도 아니더라.
'가족'이라는 틀 안에서 발생하는 복잡한 문제들로
서로에게 집중하기 너무 어렵구나.
아이 키운다고 지치고,
직장 일로 지치고,
그러니 오늘은 내가 참고,
내일은 네가 참고.

입술에 붙은 밥풀 떼어주다 눈만 맞으면 뒤엉키던
그 느낌 언제던가?
기계적인 출산 과정을 거친 뒤로는

.. 따져봅시다

이래도 시큰둥, 저래도 시큰둥.

은밀하고 달콤한 눈빛 대신

정말 가족이 되어버린 느낌이

몰입을 방해한다.

좀 지나면 괜찮겠지 하다가

보이지 않는 벽만 높아진다.

이게 말로만 듣던 섹스리스?

출산 후 회복되기까지는 그런가 보다 했다.

밤이면 달려드는 남편 내치면서도,

우스갯소리로 굶겨죽이지는 말아야지 했다.

하지만 무작정 받아주기도 어렵더라.

하지만,

"여보, 미안. 후끈 달아오르는 밤을 위해 오늘은 패쑤~."

이마에 키스해주는 마누라를 누가 싫어하랴!

"이 인간이 짐승도 아니고…….싫다는데 왜 자꾸 들이대?"

이래놓고 막상 남편이 바람 피우면 너 죽고 나 살잔다.

낯 간지러워 못하겠다고?

복권에 당첨되길 바라면서 복권 한 장 안 사는 것과 마찬가지.

"우리 남편은 한 달에 한 번밖에 못해요."

푸념이나 말든가.
이 모든 게 어디 남편만의 잘못이겠는가?

현명한 아줌마여!
몸짓 언어는 남녀 간의 중요한 소통!
가끔은 드라마 주인공처럼 화끈하게!
오늘은 남편과 황홀한 밤을 연기하자!

남편의 눈빛이 흔들릴 때

 거짓말 못하는 남자는 눈빛이 흔들린다.
상대 눈을 똑바로 보지 못한다.
반대로, 거짓말 잘하는 남자는 눈빛까지 당당하다.
상대의 시선을 압도한다.
너무 솔직해도 탈이고
너무 가식적이어도 왕재수인데,
남자들의 거짓말, 어디까지 용서해야 하나!

심증은 있으나 물증은 없으면, 진짜 선수.
심증도 있고 물증도 있으면, 아마추어.
그렇다면, 어설프게 들키는 쪽, 완벽하게 속이는 쪽,
어떤 남자가 더 나쁜가?
정답은 내 몫이다.

알면서 모른 체할까?
모르면서 아는 척할까?

정답을 파고들면 거짓말하는 남편들.
사실을 알면서도 남편한테 실토를 듣고 싶은
여자 마음을 너무 잘 알기 때문이다.
그렇게 닦달하다가 사실을 실토하면,
오히려 날벼락 맞는 기분.
차라리 아니라고 하면 좋았을걸,
내 스스로 무덤 팠구나 후회까지 되니,
이 아이러니는 무엇인가?

사실을 다 알면 직성이 풀리나?
그래서 얻어지는 게 뭐가 있을까?
남자들을 궁지에 몰지 말지어다.
불리해지는 건 결국 여자 쪽.
알수록 마음 다치는 경우가 훨씬 많으니.
남자들의 거짓말, 그것도 한때다.
그 거짓말에 조금씩 무뎌지는 것,
그것이 어쩌면 평화의 지름길일 수도.

… 따져봅시다

억울해만 말고 가끔은 슬며시 속아주는 것.
지는 것 같아도 결국 그게 이기는 싸움!
알아도 모른 척 능구렁이처럼,
조금씩 남편을 지배하는 것!
그게 진짜 눈치 백단 아줌마의 힘이다!

내 남편의 첫사랑

자정 넘어 들어온 남편,
술 냄새 풍기며 벌러덩 눕는다.
'이렇게 취할 때까지 누굴 만나고 왔지?
불길한 예감,
아줌마의 '촉'이 곤두선다.
신혼 땐 매일 같이 하고 싶던 저녁 상,
갈수록 남편 없는 저녁이 편해진다.
그런데 오늘따라 들떠 있는 남편의 목소리.
"먼저 밥 먹어." 그러고 보니 수상하다.
아침에 이 옷 저 옷 입어보더니
"잘 어울려?" 물었더랬지.
저녁 대충 먹고 드라마 보고 나니 9시,
소파에 누워 깜박 잠이 든다.

요란스럽게 열리는 현관문

피곤한 듯한 얼굴로 안방으로 돌진하는 남편,

육중한 몸 이리저리 굴려 옷을 갈아입힌다.

남편은 시체놀이, 당장 따져 묻고 싶지만

벌써 식은땀이 흐른다.

그날 밤, 꿈속에 보이는 남편의 모습,

한 커피숍에서 남편보다 연상인 듯한

고상한 여자와 마주하고 있다.

테이블로 다가가 고함을 지른다.

"대낮에 지금 뭐하는 짓이야!"

남편이 내 손을 잡아끌자 낯선 여자가 말한다.

"제발 이 사람을 놓아주세요. 우리는 서로 사랑하고 있어요."

주체할 수 없는 분노에 대성통곡하다가 눈을 뜬다.

〈사랑과 전쟁〉 드라마를 너무 봤나?

손등에는 눈물 자국, 심장은 쿵쾅댄다.

갑자기 불안해져 몰래 남편의 핸드폰을 살핀다.

신용카드 사용 내역이 눈에 띈다.

'18:30 ○○커피숍', 꿈속의 장면이 사실일지도……

'21:40 ○○횟집', 여기서 술을 마시고……

그 다음에는 무얼 했지?

오만 가지 생각들!

"안 자고 뭐해?"

부스스 일어나 화장실로 가던 남편,

나를 이상하게 본다.

"어젯밤 누구 만났어?"

"지금 시간이 몇 신데……."

얼렁뚱땅 넘어간다.

"누구랑 만나고 왔지? 나이 많은 여자야?"

은근슬쩍 묻자 술술 넘어온다.

"어떻게 알았어? 어릴 적부터 알던 동네 누나 …….

우연히 연락돼서 밥 한 끼 먹었어."

"밥 한 끼?"

"공원 벤치에서 캔 맥주도……."

기가 찬다. 언제 나랑은 공원에서 캔 맥주 마신 적 있나?

"내가 바람이라도 피고 왔어? 왜 이렇게 예민하게 굴어?"

오히려 큰소리다.

남녀가 처음부터 바람이 나나,

가랑비에 옷 젖듯 자꾸 만나다가 불붙는 거지.

‥ 따져봅시다

이럴 때 똑 부러지게 말해줘야 한다.

"당신, 불륜의 정의가 뭔지 알아?

당신이 누굴 만나든 내가 기분 나빴다면,

그게 바로 불륜이야!"

들어보니 그 누님은 남편의 어린 시절 짝사랑,

역시 아줌마의 '촉' 은 무서운 것!

얼마 뒤 공원에 나가서 함께 캔 맥주를 마시면서

다시 한 번 그 이야기를 꺼냈더랬다.

"당신이 다른 여자랑 자는 것보다 더 슬픈 건

당신이 다른 여자를 보며 설레어하는 거야."

불륜의 경계선에서 결백을 주장하는 남자들,

지나가는 바람에 이 한 몸 싣고 싶어 하는 남자들,

은근슬쩍 발 담그고 오리발 내미는 남편들,

절대로 여자의 촉을 무시하지 마시라!

여자의 촉은 생각보다 강력한 무기!

그러나 여자들이여,

그 촉을 너무 남발하진 마시라.

이혼하고 싶다면 측은지심을

 누가 40대를 불혹이라 했나.
아내가 아이를 사람 꼴 만들어놓고
학부형이 되어 바쁜 사이,
집집마다 바람피우다 걸린 남자들 속출한다.
그 동안 이 틈만 노렸나,
배신감에 치를 떨며 이혼 도장을 찍어 말아,
생난리 브루스다.

안 보면 죽을 것 같던 이 남자,
이제는 볼 때마다 죽을 것 같은데,
이 판국에 시월드는 오라 가라 난리다.
거짓으로 비위 맞추던 짓도 이제는 더 못하겠고,
처절한 마음에는 독기만 서린다.

·· 따져봅시다

영원히 화해할 수 없는
'남의 편' , 남의 세상

출산한 뒤 섹스리스 된 지 오래,
들이대는 남편과 돌아눕는 아내,
마음이 열려야 관계를 맺고,
관계를 맺어야 마음이 열리는데,
욕구 불만 남편은 사사건건 시비만 거네.

황홀한 밤을 공유하는 부부는
불혹에도 촉촉하다는데,
결국 치고 박고 부부 갈등은
소통만이 해결책,
잠자리 소원하니 그 길이 모두 막힌다.

"너희 남편 일주일에 몇 번 하니?"
"일주일? 한 달에 한 번 할까 말까……."
결혼 10년차쯤 되면 섹스도 생활이고,
그러다가 성격 차이 아닌 성적 차이로 갈라선다.
이혼녀, 이혼남이 흔하니

하늘이 내려준 천생연분 정말로 있나.
긴 결혼 생활, 권태기 없는 부부 없으니,
'별 여자, 별 남자 없다' 는 옛말이 딱 맞다.

젊음도 청춘도 다 가고 남은 건 빚밖에 없다는 부부들!
하지만 돌아섰으면 더 잘 살았을까?
언젠가 잘살리라 기대했다며 억울하다는 부부들!
정작 무슨 노력을 얼마만큼이나 했던가?
청춘이야 원래 가는 것, 빚이야 먹고 살았으니 있는 것,
나이 들어 기운 빠진 서로의 어깨 두들겨주며
힘내라 해줘야지.

혹자는 부부들이 사랑 아니라
돈으로 먹고 산다고 하지만,
서로를 측은하게 바라보는 그 마음이야말로
부부가 가진 제일 귀한 자산,
아무리 이혼하겠다 돌아서도
또 다시 서로를 찾게 만드는,
그래, 부부는 측은지심으로 산다.

·· 따져봅시다

상대가 가여워 보이면 지는 게임이라지.
밉고 싫더라도 측은지심만 남아 있다면,
다시 되돌릴 기회는 분명히 있다.

상대가 가여워 보이면 지는 게임이라지.
밉고 싫더라도 측은지심만 남아 있다면,
다시 되돌릴 기회는 분명히 있다.
좋은 남편은 만나는 것이 아니라
내가 좋은 아내가 되어 주는 것이다.

남편들의 아방궁 출입, 어찌할까?

●
○

 남자들은 누구나 자신만의 아방궁을 꿈꾼다.
음주가무 있는 곳에 반드시 있는 또 하나,
여자!
쭉쭉 빵빵 몸매에
연예인을 닮은 청초함 또는 섹시함,
취향대로 골라보자!
오늘은 네가 내 파트너!

지피지기면 백전백승!
술집에도 계급이 있으니 그 또한 돈의 논리
집 한 채 값 외제차 즐비한 주차장,
비밀의 문 열려면 보안카드가 필요하지.
하룻밤 수천만 원짜리 술 마시는 vvip 클럽,

·· 따져봅시다

말 그대로 자기들만 아는 공간에서 자기들끼리 노는 곳,
다음은 쩜오클럽, 이곳 여자들은 짝퉁 연예인급.
엄청난 돈을 지불하거나
기둥서방 정도 돼야 하룻밤 보낸다던가.
여기까지는 해당사항 없고,
접대하려는 자, 접대 받는 자, 무난히 드나드는 룸살롱!
제대로 마셔보자, 작정하고 찾아가는 단골 아방궁
파트너가 맘에 들면 무조건 콜! 하룻밤이 우습다.
그 다음은 단란주점,
인물 좀 반반하면 파트너를 애인 만들고,
마지막은 노래방, 필요하면 도우미 불러준다네.
주부, 학생, 직장인, 돈이 급해 나온 가지각색 여자들

자, 이 중에서 어디를 거쳐왔을까?
룸살롱 당첨!

천하의 몹쓸 인간! 죽여, 살려?
사업차 갔다는 말이 다 거짓은 아니련만
새벽에 들어온 시간을 따져보니
끝장을 보고 왔나 머리가 빙빙 도네.

복잡한 비즈니스의 세계, 모르는 바는 아니다.
"오늘 밤 좋은 곳으로 모시겠습니다!"
넘치지도 과하지도 않은 처세가 좋다지만,
맨 정신에 어떻게 그 수위 맞추랴?
술이 있고 여자가 있으니 환상의 조합이지.
직장 스트레스, 가장의 무게 모두 다 잊고
홀가분하고 세상 다 가진 기분이겠지.

어떤 남자들은 친구까지 꼬드긴다.
"단란 한번 달릴까? 우리 둘이 더치페이!"
"마누라 알면 죽어."
"모르게 가야지, 늙으면 가고 싶어도 못 가."

"우리 남편은 절대 안 가요!"
천만의 말씀, 만만의 콩떡.
남자들이 모이는데 커피 마시고, 영화 관람 갈까?
못해도 호프집, 그 다음은 노래방이나 나이트클럽,
나이 들수록 비싼 곳으로 업그레이드,
그런 곳일수록 여자가 따른다.
음식점 코스 요리처럼 정해진 대한민국의 밤 문화,

··· 따져봅시다

내 남편만 거기서 왕따일 거라고?

그러니 안 간다는 말도 거짓말, 안 가겠다는 말도 거짓말,

차라리 살살 달래서 마지노선 정해놓길.

"이왕 돈 쓰는 거 재밌게 놀다 와.

다만 나랑 애들이 당신 곁에 있다는 거 잊지 말고……."

이렇게 말하는데 큰 배신 때리기는 어려운 법.

양심의 털끝이라도 건드려놓자.

"오늘 어땠어? 3차는 나랑 할까?"

이 대사가 좋을까?

"이 인간아! 지 버릇 개 주냐?"

이게 나을까?

남편 밤 문화가 두려운 여자들이여,

곰곰이 생각해볼지어다.

술집 안 가는 남자 있으면 나와 보라그래!
아무리 싸워봤자 도루묵이고,
달라지는 건 아무 것도 없다.
그럴 바엔 차라리 유쾌하고 쿨한 여자가 되자!
당당하게 말하자.

"오케이! 가도 돼. 하지만 거기까지."

‥ 따져봅시다

바람둥이들, 어떻게 처리할까?

바람 난 이 인간, 어떻게 때려잡나?
지피지기면 백전백승, 바람 유형도 가지가지.
스쳐가는 바람, 마음으로만 사모하는 소심한 바람,
가정이고 뭐고 없는 풍비박산 태풍 바람!

인물 좋고 성격 좋은 남자는
결혼해도 인기 식을 줄 모른다.
여기저기 새는 수도꼭지, 잠그고 다니기 힘들다.
습관적인 작업남이니 바람이 인생의 낙.
한 여자에 만족 못하고,
척 보기만 해도 여자의 취향과 성격 읽으니
안 넘어오는 여자 드물다.
마누라한테도 잘하니 바람은 피워도, 가정은 철저히…….

"감쪽 같더라! 잠자리를 하고 와서도 들이대는데 어떻게 눈치를 채?"
그야말로 초특급 바람둥이다.

능력도 기술도 없는 은근한 바람둥이도 있다.
동창회, 동호회, 거래처에서 만난 여자들과
호시탐탐 즐길 기회를 엿본다.
적당히 즐기다 알아서 정리도 잘한다.
이런 유형의 가장 큰 특징은
마누라가 어디 간다고 하면 의심부터 하기.
자기가 그러니 아내도 그러는 줄 안다.

끝으로 막장 드라마 스타일 바람둥이들,
기어이 두 집 살림 차려야 직성이 풀리는 사람들.
열에 일곱은 집으로 기어 들어오지만
얼마 못 가 또 다른 여자랑 살림 차린다.
평생 그 버릇 못 고치니
마누라만 죽어라 고생이다.

싹을 자르건 뿌리째 뽑건

··· 따져봅시다

알아서 분석하고 판단할 일이지만,
어느 유형이나 머리 아프고 패씸하기는 마찬가지.

우리 남편은 절대 아니라고?
누구는 이렇게 남편 바람기 잡았다고?
유형도 방식도 천차만별이니 아무 소용 없다.
내 남편은 내가 가장 잘 아는 법,
중요한 것은 초장에 잡는 일!

확실한 증거를 잡아야지,
섣불리 나섰다가는 일만 그르친다.
잘못하면 '정신 나간 여편네' 소리 듣기 십상.
그러니 확증이 갈 때까지 드러내지 말 것!
그야말로 고도의 두뇌 게임!
의심만 주구장창 하면 의부증 생기고,
헛다리 짚으면 역풍 몰아친다.
그러니 지피지기면 백전백승,
바람피우는 남편의 습성과 동선
모든 것을 파악한 다음
일격타를 날린다!

부글부글 끓는 마음은 잠시 물려 놓고
변명할 수 없는 증거를 제시하고,
각서를 쓰든, 녹음을 하든
확실한 다짐을 받아둔다.
백 마디 말로는 싸워봤자 헛수고,
더 중요한 건 그 다음이다.

알아서 정리하고 돌아오면
아무 일 없었다는 듯 포용하라!
무슨 개뼈다귀 같은 말이냐고?
꼴도 보기 싫고 매일이 지옥이지,
왜 아니 그러겠어?
밥 먹다가도 화 치밀고
남편 속옷만 봐도 진절머리 날 지경이지.
다 깨부수고 튀어나가고픈 생각이
하루에도 열두 번.

내 속은 문드러지는데
텔레비전 보며 시시덕대는 남편 등짝에
"그년이랑 같이 있으니 좋았어?"

·· 따져봅시다

돌멩이 던져봤자,

"작작 좀 해라! 그만할 때도 됐잖아!"

서로 죽일 듯 싸우고,

영문 모르는 아이들만 자리 피한다.

평생 이 남자를 보고 살자니 머리 아프지만,

그렇다고 평생 이렇게 살고 싶은가?

돌멩이 맞을 각오로 말하자면,

잊자! 지우자! 불필요한 싸움이다.

그래서 얻어지는 건 더 큰 불행뿐.

쿨하게 용서하고 멋지게 마무리하자.

잠시 동안 남편을 내려놓자.

남편이 바람 펴서 괴롭다고?
푸석푸석한 얼굴부터 관리하고,
혼자 여행도 다니고,
자격증 따고 취미생활을 하자.
남편도 아이도 아닌 나만의 행복을 만들자.
숨구멍을 찾으면,
부부 관계도 새롭게 바라볼 수 있다.
인생살이 내 뜻대로 되는 게
몇 가지나 있던가?

바람은 바람으로 떠나보내자.
잃은 것이 있으면, 반드시 얻는 것도 있다.

·· 따져봅시다

은퇴한 남편 길들이기

 정년퇴직한 남편

몸 바쳐서 가족 먹여 살렸더니
이제 와서 찬밥 취급이라며 신세타령한다.
나도 당신 출근하고 아이들 학교 가면
나름 바쁜 아줌마 스케줄로 살았다오.
그 와중 잠시 쉴 시간이라도 있었는데
이제는 종일 남편 눈치를 본다.

몸 바쳐서 애들 키워 놨더니
이제 남편 돌볼 차례네.
거실에서 빈둥거리는 공포의 거실남,
온종일 잠옷 차림으로 돌아다니는 파자마맨,
어딜 가나 졸졸 따라다니는 정년의 미아,

하루 세 끼 밥 차려줘야 하는 삼식이,
전화 통화라도 하면 두 귀 쫑긋 세우고
잔소리 많아지고, 부쩍 인색해졌다.

남편은 정년퇴직 우울증,
나는 갱년기 우울증,
머리부터 발끝까지 온다는 갱년기에
몸 구석구석 안 아픈 곳 없고
가만히 있다가도 폭풍 눈물 쏟아진다.
돌아서면 하루에도 수십 번 치미는 울화통.
하나하나 챙겨줘야 하니 이런 시집살이가 따로 없다.

그런데 생각해보면 남편은 어떤가.
아내가 장악한 안방과 부엌,
아이들은 각자의 방,
정작 이 집에 남편 머물 곳은 없고,
그렇다고 친구도 취미활동도 없다.

은퇴 후 40년, 갈 길은 먼데
이제는 제 2의 결혼생활을 꿈꿀 때,

… 따져봅시다

같이 사는 방식도 바꿔야 한다.

평생 동안 하루 평균 2시간 밥 차리던 아내,

남편이 도와야 한다.

아내 없어도 혼자 점심 차려 먹기!

가끔은 가족에게 멋진 요리를 선사하기!

창피한 일 아니다. 모르면 묻고 배우자.

그래도 못하겠으면 할 수 있는 것만 하자.

제자리에 물건 두기, 장보기, 그릇 정리,

방 닦기, 세탁기 돌리기, 쓰레기 버리기.

천릿길도 한 걸음부터다.

하나씩 천천히, 그렇게 진정한 가족으로 거듭나자.

아무리 사이 좋아도, 남편의 은퇴 후
부부가 종일 붙어 있는 것은 금물!
각자의 공간에서 각자의 일을 해야 한다.
함께한 시간도, 함께할 시간도 많은 부부라면
제2의 결혼 생활로 행복을 꿈꾸자.

부부관계, 나도 잘하고 싶다고!

남편을 사랑한다 되뇌어도
씻지도 않고 침대에 오니 분위기 다 깨진다.
하루 이틀도 아니고 기본 매너는 지켜주길.
가끔은 야한 농담도 하고,
사랑의 속삭임도 듣고 싶다.
달콤한 키스의 기억, 언제인가?
어두운 골목길에서 나눴던 연애의 추억
관계를 하면 키스도 필요 없나?
잡아 놓은 물고기다 이걸까?
사랑한다 말 한 마디, 이렇게 인색할 수 없다.

하고 싶을 때 언제라도 할 수 있다고 생각하는지
마누라 기분은 안중에도 없다.

·· 따져봅시다

오늘 하루 왜 우울한지 묻지는 못할망정
분위기 파악 못하고 들이대기부터 한다.
싫다고 뿌리치니 섭섭하고, 한 번 더 뿌리치니 자존심 상한단다.
마음을 풀면 몸도 절로 풀리는 걸 모르는 모양.

관계 끝나니 곧바로 코 고는 남자들,
관계 도중 찬물 끼얹는 소리.
"어, 살쪘어?"
"어제 그 일은 어떻게 됐어?"
이게 바로 생활 섹스구나.

가끔 특별한 순간을 꿈꾼다.
식탁 앞에서 사랑을 나누는 일,
호수 근처의 러브호텔을 찾아가는 일.
부부가 서로에게 탐닉한다고 누가 뭐라 하리?

부부관계는 쌍방통행,
때로는 하기 싫을 때도 있고
100% 만족하지 못할 때도 있지만
결국 파트너 십으로 함께하는 것.

내가 바라는 건 그저
사랑받고 배려받는 여자가 되는 것,
언제나 서로에게 오롯이 여자이고 남자인
그런 밤을 꿈꾼다.

잠자리가 소원해졌다면,
더 늦기 전에 처방을 내리자.
남자나 여자나, 젊으나 늙으나
사람은 누구나
사랑하고 사랑받고 싶어 하는 법.
부부관계는 둘만의 소통 방식이자
말이 필요 없는 몸짓 언어다.
남편에게 말해보자.
"여보, 우리 둘만 여행 갈까?"
대부분 못 이기는 척 넘어온다.
야시시한 러브호텔에서,
감춰두고 억눌렀던 열정을 발휘해보자!

부부 간 은밀한 신호

맨몸으로 이불 안에 눕는다.
다른 방에 이부자리를 펴고 자지 않는다.
다리를 엉킨다.
머리를 만진다.

그냥 잘 수 없잖아
먹고 싶어
몸 좀 풀어줘
잠깐 옆으로 와

샤워하고 왔다. 너도 하고 와라
애들 재워!
한 게임 할까?
자기 오늘 어때?

우리 키 재자
술 한 잔 할까?
밀린 숙제하자

결혼은 서로의 욕구를 만족시키기 위한 거래

사랑과 존경에 대한 욕구

배려와 정서적 지지에 대한 욕구

가치 있고 소중한 존재가 되고 싶은 욕구

배우자에게 사랑과 존경, 배려, 지지를 보내주고 싶은 욕구

성적 충족에 대한 욕구

자녀를 키우는 책임을 함께하고 싶은 욕구

내 말을 경청해 주었으면 하는 욕구

차이를 인정해 주고 존중해 주기를 바라는 욕구

직접적이고 명확한 의사소통에 대한 욕구

사교적인 모임에 참석하고 싶은 욕구

경제적 평등과 안정에 대한 욕구

더 나은 학력과 경력을 얻고 싶은 욕구

독립적인 개인이 되고 싶은 욕구

·· 따져봅시다

PART 5

시월드 때문에
괴로워?
이렇게 해보자고!

나와 비슷한 사람은 많다
하지만 나와 똑같은 사람은 없다
― 버지니아 사티르

시월드, 당최 어느 나라야?

●

결혼 5년차쯤 되면 쳐다보기도 싫은 '시' 자,
치마저고리 입고 폐백실 들어갈 때만 해도
인자해 보이던 시부모님,
더할 나위 없이 행복한 이 순간,
빨래집게로 콕 집어 걸어두면 좋으련만.
양가 관계 원만할 거라 여겼던 순간도 잠시,
이건 아니잖아~! 외칠 날 금방 온다.

처음 맞는 명절, 며느리 기선 제압하려는 시어머니
언제 내려와서 언제 올라가라 벌써부터 눈치 준다.
하나하나 쳐다보는 눈길에 온몸이 따가울 지경.
부엌살림 보면서 이것저것 딴지 건다.
"설거지할 때 뜨거운 물 쓰니? 물은 왜 이렇게 세게 틀어놓니?

·· 따져봅시다

그릇은 여기에 엎어놓고, 프라이팬은 이렇게 닦아라."
조심스러운 마음 더해가고
잘못한 것도 없는데 죄 지은 기분,
그래도 내가 뭘 몰라 그렇지 싶어, 첫째 날은 패스~

다음날은 꼭두새벽부터 부엌이 소란해
시계 보니 아직도 꿀잠 시간.
주섬주섬 나가니 시어머니 바쁘시다.
"더 자지 그래? 너희 시아버지 일찍 식사하신다."
어쩌라는 건가.
살얼음판 걷듯이 곁으로 가 "제가 할게요."
기다렸다는 듯 시키는 일도 많다.

이제는 대놓고 뒤에서 한숨, 끌끌 혀를 찬다.
뭐가 못마땅한지 알기조차 어려우니 더 큰 문제,
"반찬은 여기 담아라. 김치는 이렇게 썰어라."
폭풍처럼 휘몰아치는 잔소리, 기억하기도 힘들다.
밥 차리고 설거지하고 돌아서니,
"냉장고에 과일 있다" 외치는 한 마디.
그리고 또 한 마디,

"행주는 삶아서 여기다가 걸어 놔라!"

"아들이 장가를 가서 얼마나 흐뭇하시겠어요?"
주위의 말들이 시월드를 망친다.
자랑할 만한 아들 내외가 때 되면 방문하고,
며느리가 꼭꼭 선물 챙겨 줘야 하고,
자식이 보내준 여행도 필요하고,
그런데 성에 안 차니 해가 갈수록 며느리만 밉고…….

그런데, 이런 시월드가 정말 있냐고?
당연한 말씀 정도의 차이는 있겠지만 다 거기서 거기.

당신 나름 번듯한 아들 장가보내다보니 어쩌다 딸려온 며느리,
하자 난 물건 보듯 한다.

시집 와 첫 번째 명절 치르고 나니
신세계에 다녀온 듯.
말로만 들은 시월드의 세계,
겪어보니 기가 차지만
어찌 하랴 그렇다고 박차고 떠날 수도 없는 것,

·· 따져봅시다

기껏해야 신랑한테 잔소리한다.

결혼하면 남자 쪽 호적에 여자 이름이 오른다.
그걸 두고 '이제 죽어도 이 집 귀신' 이라던가?
전설의 고향인가?

"그렇게 힘들면 이혼해라" 하는 요즘 친정들.
시대가 바뀐 만큼 시월드도 바뀌어야 한다.
며느리가 무조건 순종하기만을 바란다면,
그건 자명한 석기시대 이야기.

못 말리는 아들 사랑, 어쩌라고요

세상에서 가장 사랑스러운 내 아들!
아들이 데려온 여자는 그저 그렇네.
기대에 어긋나니 밤새 잠 못 자고,
'어떻게 키운 자식인데…….'
분하고 억울하지.

며느리 일은 사사건건 저울질,
손해 봤다 싶어 눈에 가시 박힌다.
자기 아들만 귀하게 키웠단다.
키우다 보니 너무 기특해서
아들 덕 보리라 내심 기대했겠지.
청년이 된 아들 모습 남편보다 듬직하고
평생 엄마 말 잘 따르며 지켜줄 줄 알았겠지.

·· 따져봅시다

며느리 잔소리하는 꼴에 억장이 무너진다.
내 말에 순종하던 아들, 며느리 말에 순종하니,
잘난 것도 없는 저 며느리, 꼴도 보기 싫다 한다.
아들 기죽고 살까, 손에 물이라도 묻힐까
전전긍긍 화나고, 아쉬움과 허전함은 채울 길이 없다.

자기 아들 무능력도 모조리 며느리 탓.
며느리랑 사이 나쁘니 아들 얼굴 보기는 더 힘들다.
이제는 영영 돌아오지 못할 내 새끼…….
눈물이 앞을 가린다.

글쎄, 그만 좀 하세요.
당신 아들만 금이야 옥이야 키웠나,
며느리도 남의 집 자식.

더 나쁜 건 남편이다.
연애할 때는 자기 엄마 안중에도 없던 인간,
결혼하자마자 효자 되네.
시댁 명절 대소사 기념일 다 챙기고

자기는 바쁘니, 나더러 하란다.
남자가 효자니 시댁 막을 가래도 호미도 없다.
마음이 병드니 몸도 아프고,
살아 말아, 고민하는 긴긴 밤의 시작.

이것이 바로 시어머니들의 넘치는 아들 사랑이 가져오는
파국의 결과.

잘해도 본전, 못하면 욕바가지
시댁 식구 대하는 일 이렇게 힘들 줄이야,
신혼 때도 힘들었던 일이
남편 꼴 보기 싫으면 더 죽을 것 같아진다.
시월드에게 에너지 낭비하지 않는
가장 빠른 지름길은
남편과 사이좋게 지내는 것.

무슨 일이 있어도 남편은 내 편으로 만든다!
이 수칙을 가슴에 품기.

시월드도 길들일 수 있다면?

피할 수 없으면 즐거라!

들어는 봤나?
시월드 길들이기!

먼저 필요한 건 인정,
나는 이 남자와만 결혼한 게 아니라
덤으로 따라온 시월드, 남편 그 이상의 것과도
결혼한 것이다.
말도 안 되는 소리라며
어떻게든 시월드를 포기시키겠다고?
그렇다면 아직도 정신 못 차렸다는 얘기.

살아보니 시월드는 남편의 부속물이 아니라

내 삶의 일부더라.

싫든 좋든 볼 수밖에 없는 사람들이니

어찌 보면 그것도 천륜,

결혼식 날 색동저고리 입고 시부모님께 절을 한 것,

누가 시킨 적 없으니

그 결과도 결국은 내 몫.

다만 늘 잘하려는 마음은 한계가 있다.

그런 마음도 사라지고 지치면,

남편은 꼴 보기 싫어지고,

시댁은 정나미 떨어진다.

결혼 후 첫 명절, 시어머니가 월권 행세하려 드시거든

그 고집 꺾지 말자.

아들 내주고, 며느리 받아들이는 데도 시간이 필요한 법,

급하게 맘먹으면 남편하고 등 돌리게 되니,

많이 바라지도 말고, 내 할 도리만 하면 되는 일

'이건 좀 힘든데?' 싶으면 한 박자 피해

남편이 해결하게 유도하기.

이때도 '아' 다르고, '어' 다르다는 것 명심하기.

… 따져봅시다

"여보, 이번 명절은 당신 혼자 다녀오시면 어떨가요?"
"어머님이 날 사람 취급도 안 하는데 뭐 하러 내려가!"
둘 중에 뭐가 나을지는 해보면 안다.
돌직구 아줌마인 나도 때로는 입속의 혀처럼 구니까.

이리저리 쏙쏙 잘 빠져나가는 미꾸라지처럼
현명한 토끼처럼, 할 건 하고, 아닌 건 안 하고,
선택은 자유지만, 결과는 하늘과 땅 차이다.

짬밥 좀 먹으면 대화도 해보자.
공감할 수 있는 화제 꺼내기.
"어머니! 아버님은 처음에 어떻게 만나셨어요?"
"뭐 그런 걸 물어보냐?"
말문 터지면 이야기도 술술 나오고,
이런저런 얘기 하다보면
서로 다르지 않구나 느껴지고,
때 되면 꺼내는 진심의 한 방,
"우리 신랑, 얼마나 고생해서 키우셨어요.
그렇지만 저도 이제 어머니 자식이에요."

드라마 찍나, 닭살스러워 못 보겠다고?
드라마라도 찍어야 시월드를 길들인다.
이게 쉬운 일이면 고부갈등 왜 있고
시월드가 시금치만도 못한 세상이 왜 있겠나?

탓해서 해결될 문제면 진작 끝났지.
붙잡고 난리쳐봤자 해답은 안 나온다.
노력해도 안 되는 일이 분명 있고,
그중에서도 최고봉이 시월드라지만,
내 몫은 당당하게 하고, 피할 건 피하자.
연기할 건 연기하고, 할 말은 하자.

너무 곧으면 부러진다.
눈물 날 땐 돌아앉고, 힘들 땐 쉬어 가자.
페이스 조절해서 달리는 기나긴 마라톤,
그것이 바로 시월드 길들이기!

‥ 따져봅시다

인생의 동반자, 친구
성적 교감을 나누는 상대
힘들고 지칠 때 기댈 수 있는 안식처

지금 곁에 있는 사람이 그런 상대인가?

결혼하는 순간부터 내 편이 아닌
남의 편이 되는 '남편'
가사노동, 육아문제에 지칠수록
이 인간 본색이 드러난다.
자기 혼자 바쁘고, 자기 혼자 효자 노릇
내가 이만큼 하는데 너는 왜 그 모양이야?
따지기 시작하는 순간 갈등이 싹튼다.

일방적인 헌신은 정신 건강에 해롭다.
원망이 쌓이기 전에 정당한 바운더리를 만든다.
남편과 아이들을 위한 시간이 아니라
나만의 시간을 가질 것

부부가 서로 독립적일수록 일생을 함께할 확률이 높다.

부부는 마주보는 것이 아니라
같은 곳을 바라보는 평행선
남편의 미래, 스펙, 수입에 모든 것을 걸지 말자.
각자의 길을 걸으며
같은 미래를 향해 달려가는 것
그것이 진정한 인생의 동반자

부부 관계 이중 메시지

누구나 배우자가 하는 말 중
질색하는 말들이 있다.
솔직하지 못한 대화 방식과
각자의 욕망이 담긴 불만 때문에
참뜻을 알아듣기는 어렵다.

당신은 항상 불평불만이 많아 (자기 자신을 잘 변호해)
어쩌면 그렇게 무심하니 (나를 좀 자상하게 돌봐 줘)
뭐든지 다 안다고 나서지 마
 (당신이 모든 결정을 내리는 게 싫어)
늘 밖으로만 나돌아 (나를 두고 떠나지 마)
왜 그리 멍청해 (우리 가정에서 당신이 책임자야)
질질 짜지 마 (강해져야 해)

PART **6**

당신은
결코
혼자가 아니다

불행한 사람은
자기가 행복한 줄 모르는 사람이다
- 도스토예프스키

지금 당신이 지켜내고 있는 자리

늘어지게 아침 잠 자고 토스트 한 조각 구워
원두커피 한 잔과 함께 할 수 있다면,
온종일 뒹굴며 책이나 보다가
오후에는 백화점에 들러서 구경도 좀 하고
저녁에 누군가와 만나 영화 한편 볼 수 있으면 좋겠다…….

아니지. 이건 혼자 사는 여자들의 즐거움이지.
몽상에서 깨어나 둘러보니 설거지 수북한 싱크대,
지천에 널브러진 빨래들,
허물만 벗고 나간 어수선한 잠자리.

내 몸은 자동기계다.
절로 벌떡 일어나 분주하게 움직인다.

·· 따져봅시다

세탁기 돌리기, 설거지하기, 청소기 돌리기, 마지막은 걸레질.

정확한 매뉴얼대로 움직인다.

남편과 아이들이 분주하게 빠져나간 집에서

나 혼자 보내는 오전 일과,

나의 직업은 전업주부다.

내게는 동료가 없다. 누구도 손발 맞춰주지 않는다.

왕처럼 대접해야 하는 어른 한 분,

하나부터 열까지 챙겨줘야 하는 왕자님 두 분

내가 모시는 이분들은 나 없으면 끝장이다.

모든 일과가 멈춰버린다.

리모컨 하나도 제대로 못 누르는 남편에게

"당신은 나 없으면 어떻게 살 거야!" 하면,

돌아오는 건 "당신 없인 못살지!"

마음에도 없는 생구라.

"급하게 나오느라 빨래 못 널고 나왔어!

미안하지만 좀 베란다에 널어줄래" 했더니

정말로 널어만 놓는다.

김치찌개 하나는 끝내주게 끓인다기에 어디 한번 끓여줘 봐 했

더니

"김치 어딨어!"부터 양파, 마늘, 파, 고추장, 각종 양념을 모조리 찾아대니,

또 그걸 찾아 다 바친다.

우리 집 대왕은 그런 분, 이분의 아들들인 왕자님 두 분은 더 말해서 뭣하랴.

직장에 다니는 친구들은 남편이 벌어다주는 돈으로 살림이나 하니 좋겠다 한다.

나는 너희들처럼 직장에 나가 돈도 벌고 자유도 만끽하고싶다.

서로의 떡이 커 보인다.

하지만 직장 일도 쉽지 않다.

일과 인간관계 스트레스로 파김치가 된 직장 맘들은

그러고도 아이들 볼 때면 죄책감에 쩔쩔 맨다.

전업주부들은 끝없는 집안일의

무한반복에 지쳐간다. 여기서 풀썩, 저기서 풀썩,

뒷골 잡고 쓰러지는 소리.

매일 함께 있어보라! 자식도 마냥 예쁘지 않다.

·· 따져봅시다

둘러봐도 대화할 사람 하나 없고, 그르렁대는 냉장고 소리만 들려온다.

그 안에 덩그러니 혼자 남은 외로움을 누가 알까.

그래서 힘들지만 직장맘이 좋다고 내 친구는 고백한다. 나는 답한다.

나도 그래. 하지만 이 나이 먹고 할 수 있는 일이 얼마나 있을까 두렵기도 해.

지금은 전업주부로 사는 길밖에.

누구나 자기 상황을 더 절박하다고 느낀다.

하지만 지금 내가 굳건히 지켜내는 이 자리가

어쩌면 우리의 최선인지도.

오늘도 친구와 나눈 대화 속에

굳은 다짐 담아본다.

함께 커피 마셔줄 동료 없어도
비가 내리면 비와 함께,
눈이 내리면 눈과 친구 되어,
바람 부는 대로 흐르며 베란다에 널어놓은
빨래처럼 익숙해진 이 자리.
이 자리를 감사할 수 있다면
당신은 그야말로 아줌마 9단,
하산해도 됩니다.

아줌마의 본능

백화점, 마트는 날마다 세일
알고 보니 그게 그 가격
세일이라는 말만 들으면 솔깃해지고
제 값 주고 물건 사면 그렇게 억울하다.
"왜 가격표를 두 개 붙였어요?"
"아줌마들은 말로 하면 이해를 못해요.
이렇게 해놔야 진짜 싸게 준다고 생각해요."
속마음 훤히 들켜서 찔끔 놀란다.

싫증나면 버리고, 필요 없으면 버리고
"그러다 시집가면 살림 못한다. 아까운 걸 왜 버리니?"
친정 엄마 말씀 한 귀로 흘렸지.
아줌마 되고 나니 자연스레 터득하게 된 진리

아무리 벌어도, 돈은 늘 부족하다.
절로 몸에 밴 습관, 아껴야 살아남는다!

아줌마 세계의 고급 정보들,
"오늘 아울렛에 물건 깔린대!"
우르르 몰려간다.
"개봉박두! 오픈 세일!"
날 잡아서 또 우르르.
깔려 죽을 뻔하며 획득한 물건들,
밥 안 먹어도 배부른 기분이다.

집에 돌아오니 카드 명세서 떡하니 날아왔네.
엉뚱한 데서 돈이 술술 새는구나.
악바리 근성 키우며 바락바락 버티는데
남편이 하룻밤 새 긁은 술값 몇 십만 원,
뒷목 잡고 쓰러진다.

아등바등 살아봤자 뭐하나?
남편이란 작자를 어찌 사람으로 대하리.
분노 조절 장치에 과부하가 걸린다.

… 따져봅시다

도저히 못 참겠다. 나도 질러보자.
간만에 미용실 가서 머리 한다.
파마하고 나니 몇 년은 젊어 보인다.
낡은 티 쪼가리 쓰레기통에 던지고
내친김에 고고! 네일 아트도 받는다.
굵고 거칠어진 손의 눈물겨운 호강,
아울렛에서 할부로 옷도 산다.
얼마 만에 써보는 돈인지, 쓸수록 즐겁구나.
한 달 내내 아낀 돈, 오늘 다 쓰는구나.

퇴근한 남편의 한 마디
"예쁘네. 진작 머리 하지 그랬어?"
'오호라, 바라던 게 이런 거였어?
돈 펑펑 쓰고 다니는 거?'
아끼며 살아도 결국 아무도 알아주지 않는다.
악바리 근성 외모 포기 아내 측은하게 여기는 건
드라마 속 남자들뿐.

아낄 때 아끼더라도
한 달에 한 번,
몇 만 원쯤은 나를 위해 투자하자.
한 푼이라도 아끼고 싶은 게
아줌마의 본능이지만,
아낄 때 아끼고, 쓸 때는 쓰자.

나도 한때 사회생활 하던 여자야!

집에만 오면 말문 닫는 남편,
무식해서 대화가 안 된다나.
서운하기도 하고, 스스로도 한심해서
이래도 허전 저래도 허탈,
마음만 허공에 동동 떠다닌다.

나도 한때 사회생활 하던 여자야!

집구석에 있으니 밥순이 신세지.
임신하고 출산하고 애 키우니
내 몸이 내 것인가,
내 인생이 내 것인가,
나 하나 돌볼 새도 없는데,

세상살이는 어떻게 들여다보라고?

애들 재우고 뉴스 한 번 틀어본다.
육아 카페 창 내리고,
구청, 시청 사이트 들어가 본다.
이래저래 세상살이 구경이나 해보자.

정치 · 경제 · 사회 · 문화 · 스포츠,
나도 사람인데 이런 것들 왜 관심 없을까?
바빠서 못 봤지, 바보라서 몰랐나?
전문가는 아니어도 뭔 말인지 알 수 있다.

"여보, 착한운전마일리지 제도가 생겼대.
무위반 무사고면 마일리지를 준다네."
눈 휘둥그레 쳐다보는 남편
흐름을 알고 나니 대화거리 무궁무진하다.

휴일에 리모콘 옆구리 차고
등 돌리고 누워 야구 보는 남편에게
"스포츠 좋아하는 인간들, 아주 진절머리 나요"

·· 따져봅시다

강력한 직구 던지는 아줌마는 되지 말자.
언제까지 내 안에 갇혀 살 것인가?

귀를 열고 눈을 크게 뜰수록
내 인생 나아가는 방향도
똑바로 바라볼 수 있다.

프로야구 개막전 열리는 날
치킨에 캔 맥주 사들고
남편과 야구장 나들이 강추!
아줌마들이여!
우물 밖에 나와 이 멋진 세상을 둘러보시라!

노래방 도우미 예뻤어?

 오늘도 전화 한 통 달랑 온다.
"저녁 먹고 들어갈게."
밥 먹는 자리에서 반주 한두 잔 걸치고,
2차 가고,
술이 술을 마시면서 시간 개념 상실,
탄력 받은 술자리, 가무가 빠질 수 없고……
너 한 곡, 나 한 곡 하다 해장술까지 마시러 가겠지.
오밤중에 택시 잡기 어려워 이삼십 분 후딱 가고……
대리기사 부르고 심야택시 잡아타면
집에도 오기 전에 정신 줄 놓을 거다.

운 좋으면 집 앞까지 한 방에 오지만
기사님 헤매는 날엔 돌고 돌아 겨우 도착,

··· 따져봅시다

그제야 마누라 부릅뜬 눈 생각하고 뭐라고 둘러댈까,
에잇, 몰라. 술 취한 척 밀어붙이자 하겠지.

뚜껑 열린 마누라,
3차의 정체를 캐묻는다.
노래방인지, 단란주점인지, 룸살롱인지!
"오늘 무슨 노래 불렀어?" 해도 잡아떼더니
"노래방 도우미 예뻤어?" 하니 눈 휘둥그레져서
"당연히 아니지!" 한다.
딱 걸렸지

솔직하게 말하면 너무 솔직해서 속상하고,
거짓말하는 것 같으면 날 속이는 것 같아 속상하고,
사납게 굴면 점점 비뚤어지는 게 남자다.
이왕 속아줄 거라면 눈 딱 감고 넘어가주는 센스.

억울해도 어쩔 수 없다.
그게 천 번 만 번 현명한 선택이니.

싸워서 얻을 게 없다면
그냥 인정해주자.
"당신이 인간이야?"
닦달하지 말고,
아침에 시원한 북엇국 한 그릇으로
쓰라린 속을 달래주자.

부킹은 금물! 올나이트는 오케이!

새벽까지 술 마시는 체력을
장하다 칭찬해야 할까?
윗집 언니는 남편이
9시면 째깍 들어와 밥 달란다고 불평인데.
술에 푹 절었으면 잠이나 잘 것이지
곱게 자는 아이 깨우고, 사방팔방 노래 부른다.
이에는 이, 눈에는 눈.
어디 한 번 나도 밤 마실 나가볼까?

왁자지껄한 술자리 언제인지…….
마음 맞는 친구랑 약속을 잡아본다.
다들 바빠 겨우 잡은 약속이 한 달 뒤,
D-day 되고 보니 남편 얼굴은 오만상,

자기는 매일 늦으면서 마누라는 꼼짝 마라는 인간들,
입장 한 번 바꿔보자.
도대체 이해할 수 없는 당신을
이해할 수 있을 만큼만 나도 미쳐보자.

부킹은 금물!
올나이트는 오케이!

아줌마로 산다는 것

"제발 그 옷 좀 안 입으면 안 돼?"
며칠째 이어지는 남편의 잔소리.
"구멍 난 것도 아닌데 왜?"
"옷을 구멍 날 때까지 입어야 하냐? 거울 좀 보고 살아!"
머리는 검정 고무줄로 질끈 묶고,
9900원짜리 티셔츠는 빛이 바래고,
푸석푸석한 얼굴에는 주름이 자글자글,
거울 속에는 영락없는 아줌마가 들어 앉았다.

텔레비전 보던 남편이 또 한 소리.
"저 리포터 좀 봐. 옷도 세련되고, 머리도 깔끔하네."
"왜? 저런 여자 만나고 싶어?"
"저렇게 가꿔보라는 거지."

"저렇게 하고 다니려면 미용실 가고, 피부 관리 받고, 백화점 가서 긁어야 해."

"그럼 그렇게 해."

"돈이 남아 돌아?"

대화는 늘 본질과는 다르게 흘러간다.

아줌마로 산다는 건 나를 돌보지 못하는 일.

아이가 어리면 어릴수록 손 가고,

크면 클수록 신경 쓸 부분 많고,

우아한 헤어 스타일, 세련된 옷, 근사한 가방.

그렇게 단장하고 외출하고 싶은 마음 왜 없겠는가?

아이들과 뒤엉켜 하루를 보내다 보면

세월이 어찌 가는지도 모른다.

미용실 갈 시간, 쇼핑할 시간, 화장할 시간이 부족하다.

어쩌다 새 옷 입고 앉아 있으면

품에 안은 아이가 목을 쭉 잡아당기고,

하이힐 신고 아이 안다가는

허리가 뚝 부러지고.

퇴근하고 들어온 남편,

이리 치이고 저리 치인 줄 모르고

게을러서 그 모양새인 줄 착각한다.

그렇게 하루 이틀 지나니, 이게 원래 내 모습인 건가.

24시간 육아 전쟁, 가사 노동.

불필요한 치장 자체가 피곤한 일.

이제는 볼품없는 모양새만 남았구나.

남편이 내 외모를 타박한다?

그렇다면, 한번쯤 제대로 보여줘라.

카드로 박박 긁어 멋지게 꾸며보라.

남편 취향에 맞추기 위해

우리 살림 거덜나는 모습을 철저히 보여줘라.

그래도 그 때문에 남편과 알콩댈 수 있다면?

일 년에 한두 번은 또 그래도 오케이.

니들이 아줌마를 알아?

●
●

 남편은 출근하고, 아이들은 학교 가고
종일 집안일에 시달리다보니
오늘도 입에 거미줄을 친다.
핸드폰 들여다보는데 반갑게도 걸려오는 전화!

"안녕하세요? 고개님, 특별한 혜택이 있어 연락드립니다."
사흘이 멀다 하고 걸려오는 스팸 전화.
은행대출, 카드사 혜택은 그렇다 치자.
"주말에 동창모임 하시죠? 우리 제품을 잠시 홍보해도 될까요?"
그건 또 어떻게 알았대?
"뭐예요? 어떻게 내 스케줄을 알죠?"
"……. 죄송합니다, 고객님, 기분 나쁘셨다면 이만 끊겠습니다."
머리끝까지 화가 치밀어 수신 전화번호를 다시 누른다.

"이거 사생활 침해 아닌가요?"
"고객님, 저도 아르바이트라서요. 나쁜 의도는 없었습니다.
인터넷 동창 모임 카페에 들어가면 이런 정보가 뜨거든요."
쩔쩔 매는 상담원 목소리, 어이가 없다.

나도 모르게 새나가는 신상정보들.
아줌마 심리를 이용한 사기꾼들,
무심코 작성한 응모지들이 떠오른다.
공짜 커피 쿠폰, 카드 할인 쿠폰, 백화점 사은품 응모 쿠폰,
마트 할인 쿠폰, 인터넷 경품 응모.
자동차를 준다, 냉장고를 준다,
해외여행을 보내준다, 아파트를 준다,
무료! 무료! 행운의 찬스!

남편 이름도 쓰고, 아이들 이름도 쓰고,
행여 전화번호가 틀리지는 않았는지 확인도 하고
최선을 다했는데,
행운의 기회는 늘 나를 비껴가고,
이렇게 내 정보가 팔려 나갔구나!

스팸문자, 보이스피싱 전화 받았다고 하니
남편은 비웃는다.
몰라서 당했나? 욕심 많아서 당했나?
마트에서 두부 하나 사면서도 가격 따져보는 게 아줌마들인데.
"왜 그러고 살아? 지지리 궁상맞게!"
날아오는 폭탄을 다시 몇 배로 돌려준다.
"그럼 가격 안 따지고 물건 사게 돈 좀 많이 벌어와!"

갑자기 돈벼락 맞을 일도 없고……
누가 알아주든 말든, 아끼고 깎아야 만족스러운 마음,
그렇게 아줌마 습성이 자리잡는다.
화장품 하나 사면서 샘플 최대한 챙기고,
미용실 가는 돈 아까워 고무줄 하나로 머리 묶고,
사우나 가서 등 한 번 제대로 못 밀어봤다.
그렇게 아낀 돈으로 고등어 사고, 삼겹살 샀다.

순진한 아줌마 등 처먹는 인간들아,
니들이 이런 아줌마의 마음을 아니, 모르니?

·· 따져봅시다

아줌마한테 사기 치는 사람에게는
아줌마의 무서움을 보여줘야 한다.
무조건 화내는 건 아줌마의 방식이 아니다.
이런 식으로 굴면 법적으로 조치하겠다고
태연하게 을러보라.
다시는 같은 전화, 올 일이 없다.

나는 무임금 비정규직 가사도우미

며칠째 축 처진 남편,
저녁을 먹다말고 방으로 들어간다.
설거지를 마치고 방으로 들어갔다.
"무슨 일 있어? 말 좀 해 봐!"
"거래처 두 군데가 파산했어.
결제해야 할 대금도 산더민데……."
사업하는 사람 한 방에 간다더니.
부족해도 월급 받는 사람이 낫지,
하루가 불안하고, 한 달이 불안하구나.
걱정, 근심, 두려움이 한꺼번에 닥쳐온다.
그러나, 담대하게, 멋있게 용기를 주고 싶었다.
"우린 아직 젊고, 아이들도 건강하잖아. 용기를 내!"
주옥같은 명대사가 줄줄이 쏟아진다.

·· 따져봅시다

스스로 감동해서 눈물까지 글썽인다.
이제 남편도 눈물을 흘리며 내 손을 꼭 잡아주겠지!

내 말이 끝나자 빤히 내 얼굴을 쳐다보는 남편,
"한가하게 감상에 젖을 때야? 당신이 갚아줄 능력이 돼?
한 푼도 못 벌어 올 거면서⋯⋯."
인간극장 엔딩 음악이 머릿속에 울려 퍼진다.
"띠리링, 띠리리리링⋯⋯."
가슴으로 돌덩이가 '퍽' 하고 날아온다.

화를 내야 할지, 쥐 죽은 듯 있어야 할지,
가슴 속 깊은 곳에서 불기둥이 솟아오른다.
눈물이 쏟아진다.
내가 무슨 잘못을 했나?
돈 갚을 능력 없다고 탓하는 건가?
비자금 만들 만큼 돈을 퍼다 줬나?
그렇다고 내가 돈을 펑펑 썼나?
아이 키운다고 직장생활 엄두나 낼 수 있었나?
이게 바로 개무시구나.

나라고 놀고먹었나?

몇 년 동안 다린 와이셔츠가 몇 백 장이고,

밥 차리고 설거지 한 게 몇 천 번이며,

아이들 머리부터 발끝까지 내 손길 가지 않은 곳 없다.

그뿐이랴,

아침마다 양말 갖다 바치고, 옷 골라주고,

허리 아프다면 파스 붙여주고,

출출하다면 야식 만들어주고,

팔 깁스했을 땐 밥까지 떠 먹여줬지.

몸종 부리듯 일 년 365일 부려먹은 게 누군데?

고생바가지 뒤집어쓰고 남은 게 없네.

주는 돈 쪼개서 꼬박꼬박 적금 붓고,

그래봤자 내 것은 보험 들어놓은 게 전부.

내 신세 무임금 비정규직 가정부로구나.

서러움이 물웅덩이를 이룬다.

화장실에서 문 잠그고 훌쩍이는데,

"엄마, 문 열어줘요! 배 아파요!"

아들 녀석 목소리에 마음 추스르고 눈물 닦는다.

‥ 따져봅시다

"엄마, 왜 이렇게 늦었어? 바지에 쌀 뻔했어요."
아들의 표정에 허탈한 웃음 터진다.
소파에 앉아 있는 남편을 슬쩍 보니,
'그래, 남편도 아들 녀석과 똑같다.
다급하니까 문 열어 달라고 떼를 쓰는구나…….
눈앞에 당장 해결할 일만 보이는 상황,
내가 뭐래도 듣지 못할 상황이구나,

쓰라린 속 달래며 찬물 한 잔 벌컥 마신다.
잘잘못 따져봐야 본전도 못 찾을 상황,
언젠가 짚고 넘어가더라도
소나기는 일단 피하는 거다.
다음날 은행 대출 알아보는데 전화가 온다.
"새로운 계약 건 생겼어! 급한 불은 끄게 됐어!"
남편의 목소리, 신 난 아이 같다.

폭풍우는 지나갔지만, 그 흔적은 남는다.
쓰러진 내 마음은 누가 일으켜줄까?
이번에는 내 어깨가 처지고, 내 말수가 준다.
어색한 분위기, 다시 한 번 손 내민다.

"와인 한 잔 할까?"
미우나 고우나 이 남자가 내 남편,
자존심 세워봤자 쓸 데도 없다.
마음 속 응어리 쌓았다가
죽을 때나 되어서 "그동안 섭섭하고 힘들었어." 할까?

취할 만큼 마시면 싸우니 딱 와인 한 잔만.
한층 부드러워진 분위기라 다시 말을 꺼낸다.
"당신 많이 힘들었나 봐. 그렇지만 나도 힘들었어.
딴 건 다 몰라도 이제 와서 돈 벌 능력 없다는 말 듣는 건 너무해.
다시는 그런 말 하지 않았으면 좋겠어."
묵묵부답, 토 달지 않는 것만 봐도 수긍이다.
"내가 가사도우미라고 쳐 봐! 한 달에 이 백도 부족하다고!
그뿐이야? 밤에는 또……."
멋쩍게 웃는 남편, 그제야 눈빛이 부드러워진다.

남편 하나 데리고 살기도 참으로 힘들다.
무임금 비정규직 가사도우미,
하고많다는 전문가의 세계,
그중에도 이렇게 프로페셔널한 곳이 또 있을까?

··· 따져봅시다

전업주부 노동력을 임금으로 따지면
200만 원이 훌쩍 넘는다는데,
정말로 파업 한 번 할까 싶은 적이 한두 번일까.

하지만 그런 복수심 무슨 소용 있나.
서로의 고충 알아주고 다독이며 갈 수 있다면,
가족들이 내 공을 조금이라도 알아주면,
뼈가 빠져도 즐거운 것이 또한
전업주부라는 이들.

1. 어느 날 문득 우유병을 던지고 찜질방 간다.

2. 남편과 싸우고 친정 간다.

3. 창업한 동창 가게 오픈식 간다.

4. 날 잡아 옷 사고, 밥 사먹는다.

5. 취직을 하겠다고 난리 치다 애가 아파 그만둔다.

6. 남편 몰래 카드를 엄청 긁는다.

7. 옛 가요를 들으며 첫사랑 생각에 젖는다.

8. 혼자만의 여행을 꿈꾸다 시댁, 친정 식구까지 동반해 여행을 간다.

9. 드라마 남자 주인공이 나오는 꿈을 꾼다.

10. 문화센터에 십자수나 한지공예를 배우러 다닌다.

11. 허무해서 못 살겠다. 공인중개사 공부를 시작하다 때려치운다.

12. 애들 학교 간 사이, 십 년 만에 영화 한 편 보고 온다.

13. 연중행사로 친구들과 맥주 한 잔 한다.

건드릴 수 없는 영역

우리 가족에 대해 뭐라 하지 마
애정이니, 사랑이니 들먹이지 마
성과 관련된 주제는 말하지 마
우리 엄마 이야기는 꺼내지 마
내 일에 대해 묻지 마
돈 더 달라고 하지 마
해외 휴가 가자는 말도 꺼내지 마
내 머리숱 적은 것에 대해 말하지 마
내 몸무게에 대해 알려고 하지 마
뚱뚱하다고 말하지 마
당신 문제에 대해 듣고 싶지 않아

부부 사이 말 못할 게 뭐가 있고
나누지 못할 고민이 뭐가 있을까?
속속들이 알고, 콤플렉스도 감출 수 없는 관계
적당히 감싸주고 적당히 이해하지 않으면
각자의 성역만 점점 늘어간다.
'하지 마' 조건 달지 말 것

PART 7

유쾌하게
즐겁게!
아줌마의 반란

오늘만은 행복할 것
오늘만은 유쾌하게 지낼 것
오늘만은 오늘 하루를 살 것

ㅡ 카네기의 행복론 中

아줌마도 고상하면 안 되나?

●
●

아이 낳고 나니 불어난 몸무게 돌아올 기미 없고
길 가다가 '아줌마' 부르는 소리에 자연스레 돌아보네.
이렇게 나이를 먹는구나 허무할 때면
뭐든 배우고 의미 있는 시간을 가지는 일에 목마르다.
아줌마한테도 고상한 취미 하나쯤은 필요하지,
문화센터 전단지를 들여다보니
재봉틀, 한지 공예, 뜨개질, 십자수
손재주 없는 아줌마는 뭘 배워야 할까 고민하다가
재봉틀이 당첨!
남편이 말려서 비싼 거 안 사길 다행,
아이 옷 하나 만들다 말고 그대로 창고 신세.

그렇다면 음악인이 되어볼까?

악기 하난 다뤄야 인생도 좀 낭만적이지.

이번에도 악기 상사 가서 기타부터 질러보지만,

아무리 배워도 실력은 제자리,

살림하느라 굳어버린 손가락

뜻대로 움직여주지 않는구나.

아줌마라고 백화점, 마트만 다녀야 하나?

이번에는 오랜만에 친구 만나 미술관도 가고 공연장도 간다.

미술이나 오페라, 클래식에 대해 좀 아냐고?

다 알면 그게 전문가지, 취미로는 왜 안 되는데?

바리스타 아니면 커피도 못 마시나?

내가 좋아서 하는 것, 그게 바로 취미지.

여러 번의 삽질을 겪으며 느낀 건 하나,

듣고 보고 접하다 보면 취향이라는 게 생긴다.

관심이 생긴 분야의 책 한두 권쯤 사보면 더 좋고…….

그렇게, 24시간 풀가동 아줌마도

고상한 취미 하나쯤은 가질 필요 있다.

카르페 디엠(Carpe Diem)이라는 말도 있던데,

아줌마라고 현재를 즐기고
인생의 그윽한 향기에 빠지지 말란 법 있는가?

자신만의 시간을 찾고, 없으면 만들기라고 해서
고상한 취미 하나쯤은 가질 것!
남의 시선 신경 쓸 필요 없다.
뇌 용량은 한정적이라 즐거움을 맛보지 못하면
엉뚱한 데 스트레스를 풀게 된다.
이른바 중독 사태.
쇼핑 중독, 핸드폰 중독, 음식 중독……
심각하지만 일상적인 아줌마의 중독들,
중독을 즐길 건가, 고상한 취미를 즐길 건가는
나의 선택과 노력에 달려 있다.

·· 따져봅시다

아줌마의 문화생활은 자신의 삶뿐만 아니라
가족들의 삶까지 윤택하게 한다.
아이한테 풀 스트레스 그림으로 풀고,
음악으로 푼다.
아줌마가 행복한 것이 가정 평화의 지름길!
모든 남편들은 아내의 문화생활비용
지출을 허락하라!

혹시 여러분도 사교육 중독?

아이를 위하는 마음이 사교육 중독이란다.
남들 다 하니 나도 시켰을 뿐,
남보다 뒤처지지 않고 잘 되길 바라는 마음이었을 뿐.
하긴 모든 중독은 호기심과 불안에서 출발하지.
갈수록 남용하다가 의존성에 빠져들지.
학원 안 가는 아이의 모습이라니 상상만 해도 불안하네.
꼬박꼬박 잘 가는데 성적은 왜 안 오르는지…….
과목 수 더 늘리고, 비싼 과외 선생 수소문한다.

걸음마 떼자마자 시작되는 사교육의 폭주,
책 읽기, 한글 떼기, 놀이미술.
초등학교 들어가니 논술, 영어, 수학, 전 과목
태권도, 피아노, 축구, 미술,

⋯ 따져봅시다

한 달에 40~50만 원 우습다.

중학생 되니 바쁜 스케줄이 연예인 못잖다.
학원끼리 시간 조절하며 일정 짜고
4시쯤 집에 들러 간식 먹고,
빠르면 밤 11시, 늦으면 새벽 2시,
피로에 젖어 책상에 엎드려 쉬는 아이들,
그 모습이 안쓰럽다.

삽질도 이런 삽질이 없어서
특목고 대비해 선행학습한다고
초등학생이 수학 정석을 푼다.
돈 들이면 공부를 잘할까?
강의만 듣다가 꽃 같은 십대 시절 다 간다.
숙제할 시간도 부족한 하루 24시간 일정,
혼자 계획하고 꿈을 가져본 적도 없네.

고등학생 되니 가족생활의 모든 비용을 사교육에 맞춘다.
필요한 건 오직 사교육에 대한 정보뿐,
중산층만 외국 간다는 건 옛날 얘기,

퇴직금 쏟아 붓고, 집 팔아서 유학 간다.
밤낮 없이 일하는 기러기 아빠,
남은 건 빚더미, 노후 대책도 없다.

아이 꿈은 짓밟히고,
가정은 파탄 나고
성실한 사람도 피할 수 없는
사교육 중독.

이것이 21세기 대한민국 신풍속도.

도를 넘어선 사교육의 본질에는
엄마의 자기만족이 있다.
사교육에 치여 괴로워하는 아이들은
결국 엄마의 자기만족에 희생되는 것과
다름없다는 말씀.
사교육이 무조건 해결책이 될 수 없다는
전문가들의 조언에 귀 기울여야 할 때.

‥ 따져봅시다

인생 최대의 과제, 다이어트

옷장 안에 처녀 적 입던 옷들 가득하다.
버리기는 아깝고, 몸에는 안 들어가고.
그래도 결심한다, 언젠가 다시 입고 말 테다!

뒤질세라 중구난방 다이어트 계획부터 세운다.
팥물만 마신다, 고구마만 먹는다, 야채만 먹는다.
헬스와 요가를 다닌다. 저녁을 굶는다.

배고프니 아이들한테 짜증 폭발,
스트레스만 더하고 피부만 나빠진다.
독한 마음 이삼일 만에 무너지고.
종일 굶었더니 배고파져서
치킨, 피자, 라면, 족발, 야식의 잔치

아이들 주려고 사놓은 간식, 내가 다 해치운다.
대접 꺼내 흰 밥 가득, 나물 가득,
참기름과 계란 프라이, 고추장과 비비니 환상의 맛!
게 눈 감추듯 해치우고 초코파이까지 먹는다.
이놈의 다이어트, 오늘도 졌구나.

마음먹고 찾아간 한의원,
비싼 돈 주고 다이어트 약 짓는다.
오 킬로그램 빠졌다고 기뻐하기도 전에,
약 끊으니 요요 온다.
홈쇼핑 채널마다 넘치는 칼로리 컷팅 제품,
오늘도 질러볼까? 아니면 지방흡입 수술이라도 할까?

그러다 남편의 한 마디.
"운동이라도 좀 다니긴 하는 거야?
저런 건 쓸 데 없이 돈만 날리는 거야."
샐쭉해져서는 가자미 눈 뜨고
다시 결심해본다.

아, 내 인생 최대의 과제,

·· 따져봅시다

다이어트 프로젝트!
나이 탓, 출산 탓, 돈 탓 하다가
그렇게 또 하루가 저물어간다.

다이어트도 삶도,
정답은 없지만 정석은 있다.
운동으로 땀 흘리고 많이 움직이며,
적게 먹되 좋은 음식 골라먹는 것.
비싼 돈 들여 오히려 건강 망치지 않도록
다이어트의 정석을 실천하자!

쇼핑 중독에 시달리는 아줌마들이여!

TV 틀면 홈쇼핑,
책상 앞에는 인터넷 쇼핑,
핸드폰에는 쇼핑앱,
쉬지 않고 대박할인 알람 울리네.

최고 매출은 단연 홈쇼핑
속옷, 고대기, 야채 다지기,
화장품, 화장지, 영양제,
무궁무진한 홈쇼핑의 마력.
내 눈에 필터가 달렸나.
볼 때마다 딱 내 스타일,
눈에 쏙 들어오는구나.

‥ 따져봅시다

지름신 강림하면 제정신인 사람 없다.
이보다 재밌는 순간 어디 있으랴.
나도 모르게 클릭클릭, 전화번호를 누르고
끼워주는 사은품, 한 번뿐인 할인 찬스
스스로 생각해도 뿌듯하기 그지 없네.

명품백은 안 사도, 몇 만 원짜리들로
그 가격만큼 채우니, 그러다 거덜 나지.
장바구니 위시리스트 잔뜩 담아 놓고
결제는 무통장 입금으로,
그러고도 찔리면 즉시 주문취소.
이 짓거리 한다고 날밤 꼬박 새우는구나.

쇼핑의 신세계는 다름 아닌 해외직구.
매일 핫딜 살펴보는 것으로 하루를 시작한다.
국내 가격과 비교하며 회심의 미소,
세상 이보다 보람된 일 어디 있으랴?
큰 건 가격 비교하느라 종일 뒤지고
작은 건 보이는 대로 지르고
근심걱정, 오만 잡생각,

쇼핑으로 사라진다.

가격 싸면 뭐하나,
관부과세 붙는 한도 철저히 계산해서
맥시멈 무게, 가격 만땅 다 채운다.
시장에서는 천 원에 벌벌 떨면서
100불은 넘게 질러야 남는 장사하는 기분,
남편 영양제, 분유, 목욕용품 지르다
쓸데없이 젤리, 사탕, 차 티백까지 담는다.

무궁무진한 유아용품, 이유식 용품, 장난감의 세계.
신기한 것도 많고 편리한 것도 많다.
여기서 끝나랴 책, 교구, 옷가지도 끝이 없다.
카드 값 무서워 당분간 쉬어야 하는데
장바구니 담아 놓은 물건들 생각에 밤잠을 설친다.
결국엔 세일 끝나기 전에 서둘러 결제하고
이제나 저제나 택배만 기다린다.
배송 안 되면 배송 상태까지 확인하고,
친정 엄마 다음으로 자주 통화하는 사람은
반가운 택배 아저씨.

·· 따져봅시다

한 번에 두 개 세 개, 일곱 개까지.

택배 상자 뜯을 때의 쾌감 그 무엇으로 바꾸랴.
물건을 보자마자 다급히 평정심을 되찾고
또 다시 지르는 무한 쇼핑 본능!

사놓고 쓰지 않는 물건이 많다는 건
그만큼 내 마음이 공허하다는 증거.
남는 물건이 있으면 빨리빨리 중고가게에
팔아치우자.
꼭 필요한 물건만 오래 손때 묻혀 쓰는
즐거움이 쇼핑보다 못하랴.

핸드폰 삼매경에 푹 빠졌다면

내 인생 최고의 동반자,
남편도 아이도 아닌, 바로 핸드폰.
아침부터 밤까지 한시도 내 곁을 떠나지 않는다.

핸드폰만 있으면 만사 오케이.
집에만 있는데 하루에 두세 번씩 충전하지.
카페 중독, 카스 중독, SNS 중독, 게임 중독,
모든 길이 하나로 통하니,
이른바 핸드폰 중독.

각종 육아 카페에서 정보도 주고, 조언도 얻고,
신세한탄도 하고,
같은 아줌마들 어찌 그리 잘 통하는지.

·· 따져봅시다

눈팅만 하려다 댓글 다는 재미에 빠지고
아이 기저귀 갈다가도 답글 확인한다.
애랑 놀아주다 말고 보고, 자기 전에 또 보고,

자는 아이 옆에 누워서도 핸드폰 삼매경.
게임도 하고, 쇼핑도 하고 웹툰도 보고
오늘도 날밤 꼬박 새운다.

무궁무진 다양한 세상, 질리지도 않는다.
집에서 살림만 하니 우울한데
이보다 좋은 친구 어디 있으랴,
유일한 소통의 도구,
너는 나의 핸드폰.

물론 눈도 나빠지고 머리도 아프니,
내가 바로 폐인.
그래도 십 분을 못 떨어져 있는
나의 사랑, 나의 분신, 나의 핸드폰.

핸드폰에 중독된 엄마,
그 다음 순서는 아이와 가족들의 핸드폰 중독.

쓸쓸하고 외로운 마음,
정말로 핸드폰으로 달랠 수 있을까?
따뜻한 살과 피를 가진 내 곁의 사람들과
한 번이라도 더 소통하고, 마음을 나누는 것이
핸드폰 중독에서 벗어나는 가장 빠른 길.

·· 따져봅시다

외로워서 먹는다

눈 뜨자마자 밥솥부터 확인하고,
국 끓이고, 반찬 꺼내 아침 한 끼 해결한다.
남편은 출근하고, 아이들은 학교 가고
아침 드라마 한 편 보고나니 점심시간.
배는 고프고 밥상 차리긴 귀찮고
대강 라면 봉지 하나 집어 든다.
생각해 보니 어제도 라면, 그제도 라면.

라면 없었으면 뭘 먹고 살았지?
찬장에는 온갖 종류 라면이 그득그득.
찌개나 탕에도 사정없이 라면 투척,
여름엔 조미료 덩어리 시판 냉면 사다 먹고,
챙겨 먹는다 싶으면 장국에 국수 말아 먹는다.

주식이 라면이면, 간식은 빵과 과자.
이삼일에 한 번씩 빵집 나들이.
바게트 빵, 피자 빵, 크림 빵, 종류도 다양하다.
식빵 뜯어 하나만 먹어야지,
잼 발라 한 봉지 다 먹는다.
티비 앞에 누워서는 심심풀이로 과자 흡입.
그 재미 끊을 수 없지만,
먹고 나니 살 찔까 죄책감 든다.

오후 되니 혈당 떨어져 멍 때리다가
뭐라도 먹어야 정신 차리지 싶어
커피믹스, 초콜릿, 아이스크림.
아줌마 일상은 면, 과자, 빵 떠나기 힘들다.

내 몸 하나 챙기자고 찾아 먹기 귀찮으니
탄수화물 중독에 무너지는 몸매와 건강
오늘도 결심한다.
단 것, 밀가루 음식 안 먹어야지.
그러면, 허전한 내 마음은 무엇으로 채울까?

‥ 따져봅시다

흔히 살이 찌는 건
기름기 많은 음식 때문이라고 생각하지만,
실제로 비만의 주범은 탄수화물.

자꾸 먹게 되는 건 결국 마음의 허기.
좋은 음악과 책, 좋은 사람을 곁에 두면
먹는 것에 대한 집착도 줄일 수 있다.

커피믹스 없이는 못 산다면

 처녀 적부터 먹었던 커피믹스.
임신하고 딱 한 잔으로 줄였다가
아이 낳고 밤낮 없이 피곤하니
다시 찾게 되는 피로 회복제.
여름엔 얼음 동동 띄우고 두 봉지씩 넣어 마시며
그 달콤함과 시원함에 반해버린다.

커피믹스와 친해져 얻은 건 늘어난 몸무게.
이러다 안 되겠다, 비싼 아메리카노로 갈아타보지만
믹스의 달콤함을 어찌 따라오랴.
별다방에서는 믹스와 비슷한 카라멜 마끼아또 마시고,
집에서는 죽으나 사나 믹스 사랑.

‥ 따져봅시다

함께하지 않는 날은 짜증과 허전함을 안겨주는
커피믹스는 내 생활의 활력소,
혼자만의 달콤함에 빠지는 순간.

다른 걸 잘 챙기면
커피믹스 하나 즐긴다고
살찌고 몸 아프랴.
누군가는 먹으려고 운동한다는데,
커피믹스 하나의 즐거움쯤은
다른 몸 관리로 상쇄해보자.

드라마는 나의 베스트 프렌드!

드라마는 나의 베프,
드라마 속 얘기에 웃고, 울고, 분노한다.
아침 드라마, 주말 드라마
월화 드라마, 수목 드라마
본방 사수 어렵다. 케이블 TV 정액제로 끊는다.
한 번 보기 시작한 드라마,
끝까지 본다.

집안일 하다가 보고
물 끓이고, 전화통화 하고 와도
뻔한 스토리 제대로 굴러간다.

절대쾌감, 절대공감!

가족 문제, 집안 문제
드라마 속 세상에서 잠시나마 내려놓는다.
"나도 저렇게 살아봤으면!"
옆에서 지지 않고 하는 남편의 한마디.
"나도 저런 여자랑 살아봤으면!"

스트레스 풀 때는 막장 드라마가 최고다.

출생의 비밀, 엇갈린 사랑, 재벌남 강림, 불치병,
아무리 봐도 질리지 않는 막장 얘기들,
미친 연기와 숨 가쁜 전개,
갈수록 가관인 막장대첩.

미쳤다고 욕 나오고, 억지스러워도 끊을 수 없는.
자극적이고 비현실적일수록 다음 내용 궁금해지는
절대매력의 막장들.
그래도 우리 남편은 저거보다 낫지,
드라마로 화병까지 다스리네.
하지만 동네 아줌마 수다에 매일 등장하는

막장 시댁, 막장 남편.
가끔은 그 되도 않는 설정들이
이상할 정도로 현실에 가깝다는
또 하나의 슬픈 진실.

세상천지 막장 드라마 모두 나와 봐라.
내가 겪는 슬픔보다 더 클쏘냐.
드라마보다 더 드라마 같은 우리네 현실.
드라마 속 가난한 여주인공처럼 꿋꿋하게
내 길을 나아갈밖에.

술? 나라고 왜 못 마셔!

　　　　술 좋아하는 우리 남편,
연애할 땐 술 권하고, 취하면 업어주더니,
이제는 마시지 말라 구박만 한다.

나도 사회생활했던 여자라고!
대학 때부터 즐긴 술자리,
회식 때 한 잔 두 잔, 친구 만나 한 잔 두 잔
그 시절이 그립다.

임신해서 못 마시고 모유 수유할 때 더 못 마시니,
술 취해 들어오는 남편이 그렇게 얄밉더라.

아이 둘 낳고 나니 영락없는 아줌마 신세

같이 마셔줄 사람도 없고, 밖에서 마시기도 어렵고
애들 재우고, 남편은 늦고
혼자서 맥주 한 캔, 그리고 또 한 캔.

아, 옛날이여! 오만 가지 생각들.
남들만큼 공부하고, 꿈도 많았는데
이제는 혼자 마시며 신세한탄 하는구나.

차라리 진탕 취해볼까?
내가 혹시 알코올 중독?
남는 건 오직 술살밖에 없는 날들.
누구 나랑 술 마셔줄 친구 없나
전화번호를 뒤져봐도,
다들 나처럼 살겠지,
아이 키우고 남편 뒷바라지로 바쁘겠지,
조용히 덮어버리는 쓸쓸한 저녁.

술자리 좋아하는 건 남자만이 아니다.
술자리에서 즐길 수 있는 권리가
처녀들에게만 있는 것도 아니다.
가끔은 아줌마끼리 시끌벅적 떠들고 노는 게
뭐 그리 나쁜가.
진정한 술친구를 얻으면 세상의 절반을 얻은 것.
지금이라도 가까운 친구에게 전화를 걸어보자.
분명히 그 친구도 나를 찾고 있을 테니까.

Tip 중독의 종류

1단계: 중독의 시작
중독이라고 하기에는 약한 감이 있다.
몸에 해롭진 않다.
남에게 피해를 주지 않는다.
내성이 생기지 않아 작은 자극에도 효과가 있다.
건강을 해치지 않고 삶의 활력소가 된다.

2단계: 중독의 심화
휴대폰 중독, 알코올 중독, 쇼핑 중독 등
중독 대상이 없으면 약간 불안하다.
잊고 있다가 문득문득 생각난다.
눈앞에 있으면 자제력을 잃는다.
자각은 못하는 단계, 생활에 문제가 생기기도 한다.
아직까지는 감수할 수 있는 단계

3단계: 만성 중독
중독의 대상이 없으면 불안하다.
심리적, 생리적 금단증상이 나타난다.

·· 따져봅시다

중독에 온 시간과 에너지를 쏟아 붓는다.

도박 중독, 게임 중독, 섹스 중독 등

나와 남편의 불만

당신이 나를 불행하게 해
내가 필요할 때 한 번도 곁에 있어 주지 않았어
당신은 항상 자기밖에 몰라
내 말에 귀 기울이는 법이 없지
당신이 모든 걸 다 알고 있다고 생각하지 마
어떻게 그런 짓을 할 수 있어

터무니없는 소리 마
내가 뭘 그렇게 잘못했어?
늘 불평불만밖에 없어
다른 집 남편이랑 비교하지 마
고장 난 라디오 같은 잔소리 지겨워
내가 돈 버는 기계야?

‥ 따져봅시다

느끼는 것만이 인생의 전부는 아니다

결혼은 복권과 같은 것이다.
하지만 당첨되지 않았다고 찢어버릴 수는 없다-노리스

20년 이상 함께 살다 헤어지는 황혼 이혼율이 신혼 이혼율을 넘어섰다.
자식들 다 키웠으니 맘 편히 살아보자, 참고 산 세월이 아깝다.
죽고 못 살아 결혼했든, 조건에 맞춰 결혼을 했든
결혼의 순간만큼은 누구나 핑크빛 미래를 꿈꿨으리라.
매일 함께하는 사람, 내 인생에 가장 가깝게 지낸 사람이
철천지원수지간이 되는 것만큼 안타까운 일이 있을까?

결혼은 연애 때의 사랑만으로 채워나갈 수 없다.
아내와 남편이 아닌 다양한 외부 문제 때문에
있던 사랑도 박살나기 쉬운 게 결혼생활.
눈에 썬 콩깍지가 벗겨지고, 상대방의 지독한 생활습관에 이력이 나도
모든 걸 받아들이고 감쌀 수 있어야 오랜 세월 견딜 수 있다.

똑같이 결혼했는데 남자는 사회생활이 우선이라며 뭐 하나 바뀐 게 없고
여자는 맞벌이를 하든 말든, 배 속에 아이를 갖게 된 순간부터
모든 게 달라진다. 그런 결혼, 해서 뭐하냐고?

배 속에 아이가 생기면 40도가 넘게 열이 나도 약을 안 먹고 견디게 된다.
엄마가 된 순간 스스로 결정하고, 선택하게 되는 행동들,
그것이 바로 진정한 헌신과 사랑의 시작이다.
거기서부터 가족이 머무는 보금자리가 만들어진다.

아무런 희망 없이 실패를 거듭했을 때

세상 사람 모두가 등을 돌릴 때
가족이라는 이유 하나만으로 나한테 손을 내밀어 주는 사람들
그들이 기다리고, 그들이 함께하는 곳,
그 중심에 아줌마가 있다.

늘 서로 사랑하고 행복하기만 한 가족이 어디 있겠는가?
때로는 갈등하고, 때로는 짐이 되기도 하는 것이 가족.
억울하고 힘들고 슬픈 감정이 왜 없겠는가만은,
그런 느낌이 항상 사실은 아니며, 그렇게 느끼는 것만이
인생의 전부도 아니다.
소녀에서 여인으로, 더 성숙한 아줌마가 된 당신조차
누군가의 헌신이 없었다면 이 세상에 태어날 수 없었고
나이가 든 지금도 엄마가 필요하다.

싱글 시절 이루고 싶던 꿈도 있었다.
그것은 잃어버린 꿈이 아니라 잊어버린 꿈,
사랑과 헌신을 배우는 사이 나 스스로 저버린 꿈,
아이를 키우며 느끼는 고통만큼이나 행복도 크다.

묵묵히 지켜내는 것만으로 아줌마의 역할이 끝나는 것도

아니다.

싸움을 통해 서로 다른 생각들을 맞추어 나가는 지혜로움이
필요하다.

'이게 아닌데' 하며 도망치는 삶은 어디에선가 막다른
골목에서 또다시 만나게 된다.

30년을 각자 살아오다 가족이 된 남편,
중장년 시기는 정신없이 자식을 키우며 살아간다면,
노후의 행복은 부부 관계에 따라 좌우된다.
자식이 성장한 모습을 함께 보고,
긴 세월 걸어온 길을 되새기며 인생의 노을을
같이 바라보는 일은
어느 누구도 대신할 수 없다.
멀고 고단했던 인생 길,
행복한 보금자리를 만든 과정이라 생각하든
결혼의 족쇄에 허덕이던 시간이라 생각하든 선택은 당신의 몫.
이 책의 마지막 장까지 나와 함께 수다를 떤 당신이라면,
좀 더 현명한 쪽에 손을 들 것이라 믿어마지 않는다.

여자의 마음을 냉정하게 까발리는 돌직구 아줌마의 공감수다

따져봅시다

초판 1쇄 인쇄 2015년 01월 02일
1쇄 발행 2015년 01월 30일

지은이   김선아
발행인   이용길
발행처   **모아북스**
　　　　　MOABOOKS

관리   정윤
디자인   이룸

출판등록번호   제 10-1857호
등록일자   1999. 11. 15
등록된 곳   경기도 고양시 일산동구 호수로(백석동) 358-25 동문타워 2차 519호
대표 전화   0505-627-9784
팩스   031-902-5236
홈페이지   www.moabooks.com
이메일   moabooks@hanmail.net
ISBN   979-11-86165-73-7   03810

· 좋은 책은 좋은 독자가 만듭니다.
· 본 도서의 구성, 표현안을 오디오 및 영상물로 제작, 배포할 수 없습니다.
· 독자 여러분의 의견에 항상 귀를 기울이고 있습니다.
· 저자와의 협의 하에 인지를 붙이지 않습니다.
· 잘못 만들어진 책은 구입하신 서점이나 본사로 연락하시면 교환해 드립니다.

모아북스 는 독자 여러분의 다양한 원고를 기다리고 있습니다.
MOABOOKS
(보내실 곳 : moabooks@hanmail.net)